大
方
sight

U0535331

# 野色

索南才让 著

中信出版集团 | 北京

图书在版编目（CIP）数据

野色 / 索南才让著. -- 北京：中信出版社，
2024.7
ISBN 978-7-5217-6663-9

I. ①野… II. ①索… III. ①长篇小说－中国－当代
IV. ① I247.5

中国国家版本馆 CIP 数据核字 (2024) 第 109766 号

野色
著者： 索南才让
出版发行：中信出版集团股份有限公司
（北京市朝阳区东三环北路 27 号嘉铭中心　邮编　100020）
承印者： 河北鹏润印刷有限公司

开本：880mm×1230mm 1/32　印张：8.125　字数：140 千字
版次：2024 年 7 月第 1 版　印次：2024 年 7 月第 1 次印刷
书号：ISBN 978-7-5217-6663-9
定价：59.00 元

版权所有·侵权必究
如有印刷、装订问题，本公司负责调换。
服务热线：400-600-8099
投稿邮箱：author@citicpub.com

——献给心中有草原的人

目 录

第一章 1

第二章 7

第三章 13

第四章 25

第五章 39

第六章 53

第七章 65

第八章 81

第九章 93

第十章 109

第十一章 121

第十二章 151

第十三章 161

第十四章 173

第十五章 189

第十六章 201

第十七章 211

第十八章 223

第十九章 231

后记 247

# 第一章

牛群收拢成团，我和旭尔干盘膝坐下。春天的草地干燥，新生的青草锋锐如针扎屁股，旭尔干点上一根烟。他一天抽两包烟，因为费钱，时不时也用散称烟草应付应付。但这种烟难以下嘴，吸完后身上都有股焦臭味，难以祛除。我刚学着抽烟那阵子，有时候偷不到烟，便用野兔的粪粒和干草屑混合揉碎，做成卷烟。那不是烟，但吞吐烟雾的飘然与胸腔中的刺痛总会带来异样的满足。我可以肯定旭尔干也做过类似的浑事，他以前更穷，连散称的烟草都抽不起。旭尔干没给我让烟，他抠门已成习惯，我也不在意。我们各抽各的。

我说起心事。我有个调教小驮牛的任务。

"要不还是算了，转场的时候调教驮牛不是一个好办法，我怕弄坏东西。"

旭尔干吸完最后一口，枯木似的拇指摁灭烟头，长瘦

着脸,瞥我一眼,说:

"可以,你说行,就行。"

牛群晃晃悠悠走在前面,摆动着硕大的头颅和身躯,配合着笨重的步伐,不急不缓。旭尔干埋头跟着,我们走向深深的沟渠,牛群正从一处经久踩踏而形成的豁口攀上另一边的草地。我站他后面。

"我担心明天牧道里畜群太多,我们挤在当中,没有更多精力去应付突发情况,我觉得不划算。"

旭尔干在最后一头母牛股沟间踢上一脚,愣了愣。他将大头皮鞋上的泥巴在溪水里冲洗干净,在草丛里蹭了蹭,说:

"可以。当然。这个你说了算。你怎么做我都不管。"

"我想我会把它们调教成最好用的驮牛,这一点你放心好了。"

他说:

"是吗?"

"我会在它们中挑一头当骑牛。"

他说:

"是吗。"

事情就这样说定了,但我还是生气。他阴阳怪气的样子叫我不爽。他以前不这样。早在十多年前,他是一个很好说话的人,性格温和,待人接物彬彬有礼,颇有涵养。这种教养源自他学医和当放映员的经历。他从十岁开始跟着一个赤脚医生学医。那位赤脚医生是祖父的朋友,受到祖父嘱托，对旭尔干管教得十分严格，近乎有些变态。据说，那时候——可怜的旭尔干那五年难以磨灭的经历——名叫达瓦的赤脚医生要求旭尔干每天凌晨四点起床，到外面——无论天气有多冷——背诵中医、蒙医、藏医药典。那是上千万字的医药词典，达瓦要求他十年内熟悉到胸有成竹、运用自如。如果他做到了，那将会有另一番天地。可惜他做不到，这太难了，他连一半都没有背会，他不但没有做到，而且还因为这点压力而开始酗酒。他每天晚上偷偷地喝一瓶酒以缓解郁闷，这种状态持续了很久才被达瓦发现。他很丢脸地结束了这段学医的经历，灰溜溜回家来了。他那会儿才刚刚十八岁，就已经表现出扶不起来的样子，让祖父伤透了心，让祖母哭坏了眼睛。接下来，我觉得，祖父做的最失策的一个决定，就是让他去当放映员。那时候，祖父是村里的生产队大队长，有点权力，他找到机会，让小儿子成为电影放映员。那是八几年的时候，电影放映员是一个吃香喝辣的职业。主要工作就是驾着马车，装着放电影的设备走乡串村，给啥也不知道的牧民们放电影看。放映队到哪个村里，哪个村就像过节过年一样欢乐。不，比过年欢乐，毕竟过年也是一个难关，需要花钱，但看电影不需要花钱，而且是每天晚上放映三部电影，连着三四天十几部电影，都是免费看，不要钱。所以，放电影的人得到了热烈的欢迎和款待。小旭尔干如鱼得水，把酒喝美了。他也是在这段时期认识了未来的妻子周姆，他们很快结婚。而旭尔干性情大变，正是婚后开始的。

关于他结婚到离婚这短短三年的经历，我无从得知，家里人讳莫如深，他本人更是只字不提，甚至表现得好像从来没有这回事。这些年来，我的好奇心一直得不到满足，憋得难受。为了让自己好过，我就当他的人生中根本没有那三年时间，我不得不学习遗忘。但这是不成功的，时不时，我和他闹了矛盾，我看着他的脸，想象他懦弱得连提也不敢提的那段痛苦人生、他遭受的磨难，便一阵舒爽。所以我走在他后面，恶狠狠地盯着他。在我看来，像他这样的人，有如此报应，是早就注定了的。

营地上变得空荡荡，大毡包拆卸下来捆绑好了，只留下旭尔干住的小尖顶帆布帐篷。所有的东西——日常生活用品、衣物被褥——都已经捆绑严实排立在一起。三叉小铁炉支在帐篷门口，宝音放了一口深腰铝锅在上面，倒了水，正等着烧开。宝音在沸开了的水里下了六包"康师傅"方便面。红色的包装袋在她脚底下，风一带，飞走了。我赶紧追上去，一一捡回。我将塑料袋都丢进火里，拿警告的眼神狠狠瞪她，她完全明白我的意思，她明白我在这件事情上是较真的，但她装作不知道。面的味道糟糕极了，我埋怨说，这是她做的最难吃的一顿饭。然后就控制不住脾气，示威一样把碗重重地蹾在地上。宝音好像没听见，津津有味地吃完了一大碗，她在我来回扫荡的目光中拾掇了碗筷，将舀了水的茶壶支在三叉炉上，然后钻到小帐篷里去整理睡铺了。我坐在那里，炉膛里的火照耀着我的脸，烘烤着我的身体，我似乎听得见骨头轻脆地响，仿佛瓷器被烤得裂碎了，一块一块地掉下来，暴出灰败的原样。那根本不是骨头，是被燃烧过的枯草，只要轻轻一吹，就灰飞烟灭。

我们和衣躺在小帐篷里，只有四个小时休息时间。

夜幕沉沉，草原一片静朗。羊卧着，优哉游哉地反刍肚子里的草团，几头被拴住的牛吭着气，呆立着。炉中火苗忽闪，仿佛星星跌落其间。我转了身，闻到宝音身上特有的仿佛被烧焦了的青草一样的味道，头轻轻地顶着她柔软的背，她不安地动了动，嘟囔一句。

我睡得酣甜，醒来时，草原的黎明到处闪烁着动物瞳孔般的弱光，晚春的夜，空气是泉水，吸进肺里的每一口都带着丝丝缕缕柔腻腻的味道。吠声此起彼伏，这会儿就属它们最热闹了。

给八头大犍牛驮上十六捆驮子，花了三个小时。

凌晨四点，牛群和羊群及几匹马被赶到牧道中，几匹马在额间带白斑的黄骠老牡马的带领下，踏上了熟悉的旅程。我和旭尔干打着口哨，甩动着响鞭驱动牛群。我轻轻扯着马缰，歪歪地跨坐马鞍，跟着牛群。远处，那卡诺登山下几处暗红色的亮光，鬼火一样忽闪忽灭，那是同样转场的人家在忙碌。在我们牛群前面，与甘子河乡交界那一带，刚刚拐过小曲陇最后一个大折弯，便被前方那长长的、弱弱的、白色的、黄色的光线耀花了眼。这里是盖德日，三条牧道的交会处，眼下已经热闹非凡，一片拥挤杂乱的景象，到处是晃动的牲畜和骑马的牧人。

宝音在后面，隔着两三个畜群叫我——我们不知不觉被分割开了——但我没工夫理她，我正愁怎么应付尾随而来的一个庞大的牛群。这个牛群几乎就要冲散我的牛群了，但好像没人管理它们，所以它们才显得如此莽撞而野蛮。

宝音还在叫，我跟旭尔干打了招呼，调转马头，跑向她和羊群那边。

"你再不来，我们的羊就要被这群畜生踩死了。"宝音怒冲冲地说。

"真倒霉，他们逼得这么紧想干什么？"

"让他们先过去。"

我们找了一处空间大一些的区域，堵截住羊群，让后面紧追不舍的又一个庞大牛群先过去。牛群在乱糟糟的声音中集体奔腾而来，然后气势逼人地冲过去。它们在黑暗中用火热的眼神打量我们，好似在研究两头即将被吞下的猎物。有两个人跟在牛群后面，我摸索了一番对方的模样——我相信对方也在这么干——但连一个模糊的轮廓也看不清。于是我使劲抽抽鼻子，试图在空气里找到熟悉的气味，从而辨别出是谁。对方也没有离开的意思，无声地奉陪着我。宝音停了一会儿，去追赶羊群了。我们继续思索着、绞尽脑汁地想知道些什么。约莫几分钟，又一个畜群来了，我们都不约而同地松口气。他们没有从我的身上找到能唤起他们记忆的气味，我也没找到。我们是陌生人。

# 第二章

那年初夏,在一个叫盖德日的地方,天气闷热难耐,大块的云朵呈黑色,阳光斜斜地从薄云间插穿而过,钢线一样砸在草地上。草地上尘土飞扬。

有一大群牛正在汹汹跋涉,我母亲就在其中。

我母亲走得越来越慢,痛苦愈来愈盛。她的两条后腿往外撇开,破开的羊水洒了一路。羊水之后开始流血,血起先是黑色的,而后变淡。血水接着羊水继续在路上洒,像是一条醒目的路标。

她用力把我往外挤。

她已经挤了几个小时,但不知为什么,我就是不出来。她挤得精疲力竭,快要死了。我在冥冥中感到了一股摧枯拉朽的悲伤把我包裹,我恐慌极了,于是便把头探破了温暖的窝,来到了炎烫似炉火的世界。贸然来到一个陌生的地方,我很忐忑。我本来便不属于这里,我应该是宇宙中的一颗流星，在幽深的太空中一划而过，不留一丝痕迹。

但我听见母亲那一声声催泪的呼喊，唤出了我本能的情感，是我的血脉咆哮着激发了我的力量，我出生了……

世界上没有一块土地是绝对柔软的。

在一处黑暗的空间里，我被吸引着往下掉，过了极长时间，我毫无征兆地砸在硬邦邦的土地上。我晕了过去，又醒来，晃晃悠悠地站起来，抬起了对我来说有点沉重的头颅。我看到一张惊悚的大红脸横悬在眼前，一对蛤蟆似的眼睛瞪着，提醒我那是活着的东西。一个活着的东西，拿一双贪婪的目光瞅着我，我浑身毛发一瞬间竖立起来，尖叫起来。我母亲及时来护住我，粗糙又温暖的舌头抚慰了我恐惧的身心。我听见那张脸发出啧啧的怪声。然后他说，"我的乖乖，这是个什么玩意儿？"

我看见地上浓密饱满的青草，绿茸茸淹没了我的脚，铺天盖地地远去，一眼看不到边儿。青草像以后我的同伴们簇拥着漂亮的小母牛一样，围绕着它们中间点点缀缀色彩缤纷的花朵，并使劲地往花朵身边挤去。更远处，有一条细细的缠绕在天边的黑影，那是一片群山。这个世界的尽头，是群山。

接着我看到一大群黑压压的牛群，喘息在我左侧，他们都长得一个样子。我发现了件有趣的事情，几头大牛身上堆满了东西，看起来无精打采，好像背负着我看见和没看见的一切东西。更让我吃惊的是，有一头毛发灰白的大个子牛正被一个人拽住，那人叫嚣着抽打他，那牛除了飞快地甩动尾巴和抽搐身子，什么也做不了。真惨！我预感到今后这一幕很有可能发生在我身上，顿时一股刺痛流遍全身，灵魂极深之处发出呻吟。于是我牢牢记住了这个人。那一瞬间我想得太多太多，我脑袋痛。等我将脑海中的画面逐渐消化完成，并且强行接受后，终于长出一口气。

艰辛如同空气，普遍而无处不在。我气咻咻骂了几句，然后感觉自己飞起来了。原来是有着赤红大脸盘的那个男人，揪住我的两条后腿倒提着我，向牛群走去。我的脑袋在地上弹来弹去，痛得我死去活来。我母亲紧紧跟在后面，满脸焦急。他把我丢进了一头大黑牛背上的筐子里。筐子并不大，我头朝下折叠在里面，转不过身子，脖颈处一阵阵钻心地疼，呼吸都不顺畅了，两条后腿在筐子外面无助地摆动，怎么也使不上力气，当我以为马上就要这样憋屈地死去时，他又把我提起来，将我的两条后腿和下半身装进筐子里，让我的头搭在筐沿上。他从裤腰上抽出一条长长的绳子，将筐口密密麻麻地缠绕住，然后走了。我从蜘蛛网一样的筐口看着他，觉得生而为人是多么洒脱、多么气势的一件事。他和另外一个人骑着马，赶动了牛群。我在牛背上晃晃悠悠，继续观察着路途上看见的一切，所见所闻大多数都牢牢刻印在了心里，就像那牛群似的群山，我一辈子都难以忘怀。红脸人和另一个人又喊又叫，他们手里的皮鞭胡乱飞舞毫无章法，他们还动不动从怀中摸出石头扔过来。不知道他们是不是故意的，我所在的筐子总是莫名其妙地被急啸而至的石头打中，我怎么躲都无济于事。有一次我甚至被打晕过去，但我一声不吭。我把这些都狠狠记住了。那个被红脸人叫作叔叔的人打得尤其狠，他手长脚长，力道又大又准，叫我防不胜防。

我们到达了一处升腾着热气的河边。烈日当空，炎热闷燥。牛群像集体得了哮喘病，在犹如蒸笼的雾气里苟延残喘。我母亲孤零零，还在很远的地方艰难追赶，我能想象她有多么焦急、多么惶恐，我恨不能立马到她身边去。为此我挣扎奋起，然而无济于事。为了母亲我还放下脸面，以萌萌的表情向他们求情，以期得到帮助，不过是我妄想。我伤心地哭起来，泪水流了很多，打湿了身下的筐子，裹着灰色牛皮的筐口在泪水浸透下散发出的银光，把我笼在其中。红脸人和他叔叔将体格最小的那头牛身上的东西重新捆绑了一番，继续赶路了。前面是一段既长又难以分辨的草地，若不看远处一些便于识别的参照物，还以为时光停留在原地了。道路两边的铁丝网也格外相似，我一路辨认，没弄清个大概。我用这种方式来暂时忘记对母亲的思念和担忧，但我一路看着铁丝网，心里从头到尾都挂念她，我感觉不好，猜测她可能永远都跟不上了。离刚才稍作休息的地方越来越远，前面原本迷糊不清的两道垭口也渐渐近了。我们又在有一些房子的地方停下来，红脸人从怀里摸出一瓶饮料，一边喝，一边扫视牛群，不怀好意的目光在我身上逗留了一会儿。日头越来越毒，整个草原冒起烟来，烟熏火燎。每头牛都低着头，把自己的脑袋使劲往别的牛大腿底下塞，因为那里有一小片阴凉地方可以躲避日头。我乘坐的这头大家伙一个劲儿地往下掉汗水，他把舌头拉得老长，几乎拖到了地上。他也将硕大的头颅递到一头黑牛胯下，但犄角太大了，他刚把头触到阴处，尖尖的犄角像钢刀一样划过那牛的肚皮。那牛嗷叫一声，在他笨头笨脑的脑袋上又踢又踩，引起一阵骚乱。我们眼前腾出一片空地，他的汗水更多了，我闻到了他的皮肤焦煳的味道。过了一会儿，他的汗水宛如小溪混入我的汗水里，一起流淌下去。我闭着眼睛，聆听着皮肤发出烤裂似的"噼啪"声，觉得真是倒霉透了。

# 第三章

是昨天旭尔干狠踢了一脚的白头母牛，早不生晚不生，偏要在路上搞事。这下好了，自己难产，折腾了几个小时——也许更久——流了难以统计的血，终于把小家伙弄出来了。

我要说的，就是这个刚刚出生的玩意儿，这是个什么玩意儿？起先我挺高兴，我的财物簿上又添了一笔，就像一沓粉嘟嘟的钞票揣进兜里。但当我近前去，瞅着它挣扎良久把眼睛睁开，我的惊恐一瞬间爆满了整个脑海，当场就懵了。恐惧全然不受控制，像关押了二十年的狱犯一样争先恐后地夺门而出。可我已然顾不上这些，脑子里全是刚刚那双眼睛——那双绝对的、确定无疑的人的眼睛。那双眼睛本身并没有错，错的是长在了一头牛身上，一头出生不到十分钟的小牛身上。还有比这更诡异的事情吗？

我叫来旭尔干。他并没有上前，躲粪一样远远看一眼，抹着脸颊的汗水，大呼古怪。他显然并没有想得更加深入，仅仅是当作一个惊讶的符号存入脑中，而后会在时间的泯灭中和别的符号臻于一致，再无特别。他好奇地瞅了一会儿，对它的骨骼和体质给予了肯定。

"快把那头牛拦住，把它驮上去。"他说。

"哪头牛？"我下意识地问。我还没捋好思绪。

"当然是有篮筐的那头，不然你想把它驮哪里？"

我说：

"这东西谁知道是什么，有必要带回去吗？"

"出生在我们面前，又是我们的牛生的，那就是我们家的牛。"

他谆谆教导：

"再不好的牛都是我们家的牛。而且，它也不是不好嘛，不过是长得有点怪。"

"可我还是瘆得慌，它怎么能长人的眼睛？"

"世上的奇奇怪怪，未必就不对。"

一天的时间过去一半后，我们在热水泉做了一次大休整。选这地方，一则因为这里修建了一个终年无人问津的小广场，而广场周边有大量的空地，可以同时容纳好几个畜群停留而不混乱；二则这儿有四家商店，一家小饭店，供应几种面食。广场和商店对面是狮子山，温泉从山脚下的几块巨石缝隙中流出来，十几步后形成一个小池子。我们凌晨从春季草场的营地出发前，忙得连魂儿都在飞，没时间洗脸刷牙。到了这儿,邀住畜群止步缓劲儿,留一个人看守。我们轮换着到温泉池那边去(先是我和旭尔干去的),拾掇一下蓬头垢面的狼狈样儿,用滚烫的泉水洗掉一个上午奔波的疲惫。而后再轮换着到小饭店去吃一碗羊肉面片儿(这次是我和宝音去的),几碗熬茶,把能量补充得足足的。整个转场途中,只有这儿才能让人放心地逗留一阵子。年复一年,久经考验的畜群到了这儿,也不再着急忙慌地赶路,心安理得地卧下,缓缓跑细了的腿子。

吃完饭回去时,我研究了几个正在经过狮子山的畜群。我有个大概的预测:这些畜群在接下来的路途——也是最重要的一段上坡——中能不能保持住"后劲",是否会有过多的累倒了的畜生出现而影响前进的速度。这样的话,也就是变相影响了我们的速度,一连串的影响,便会引发不必要的意外。这是长久以来的经验。

不过,说实在的,我有些意外。过去的六个群体——四个羊群和两个牛群——抛开整体情况极好的牛群,几个羊群也让我惊讶,甚至有些嫉妒。它们轻快的脚步足以说明一切问题。

我将情况告诉旭尔干。

旭尔干站起来,拍拍裤子上子虚乌有的尘土,把三匹马的缰绳递给我,说道:

"从这一点不难看出,今年是好质量好光景的一年,如果再人为加把劲,冬天会更好过。"

我不置可否地说：

"往年，过冬也没那么艰难。"

他背着手去小饭店吃午餐。又有两个黑白畜群拐过那道豁口，经过石板桥，朝广场这边而来。

宝音看着那边，说：

"我们超过去的几个畜群，现在又走到我们前面了。等会儿我们还要超过去吗？"

"是啊，这是必须的，不然我们就得老老实实跟在后面，那样太慢了。"

她有些困惑地回视我：

"这么说我们又要折腾一次了，但我想不出哪一段牧道适合超过去。"

"总之会有办法的。我不会跟在他们后面的，那样太慢了。"

"但很保险，我们不用太辛苦。"

"那样太慢了。"我说。

再次启程不久，有"超车"的畜群逼上来，我们很正常地分开了……旭尔干和牛群走得挺快，目测已差不多到了第二条水渠，但还没过去，不过也快了。第二条水渠依山修建，走势弯曲，像一道分水岭。渠北是祁连山支脉，不挺峻不雄壮，像平平常常的一个人，祁连山的风采十不存一。但山体肥沃、圆润憨厚，水草丰美，养得起人家。渠南坡缓，一片平原，坦然而去。平原一去百多里，连接青海湖。在渠上，有一座小桥，用铁路水泥枕木搭建而成，左右各有人家，守护着。有几条大藏狗，也不咬人，一天到晚在小桥附近巡视。我曾在此遭受过拦截，我的一条好狗被几条蹲守此地的"好事者"群攻，因寡不敌众，没能回家就死了。

我和宝音跟着羊群，羊群的前锋已经过了桥，几条狗无动于衷。几只羊用力地在桥上拍打着蹄子，叫了几声。两条狗歪着脑袋思索片刻，然后掉头下了桥。剩下的三条不怎么友好，但对羊的无理取闹也没做出回应。其中一匹红火焰，体格硕大，横卧于桥头，嘴皮子耷拉在前腿上，一条粉红、深红、紫红几种颜色层次分明的、长长的舌头垂吊在嘴唇下。它的眼睛偶尔睁开，泛露凶光，背上毛发乌黑闪光，一条蓬松的大尾悠然晃动，一反它极静的身体。它是这里的头儿。边上两个家伙保镖般站着，更彰显它卧着的尊贵。

羊们的蹄子擦着它黑黝黝的大鼻子过去，很多羊腿踩在它的前爪上，它依然没有理会，仿佛一群白蚂蚁打跟前走过。羊群都过了桥，我和宝音在距狗十几米的地方停住。我发现这是一条以前从没见过的狗。抛开别的不谈，这的确是条雄武强悍的公狗，已经蛮可以称得上"匹"了。它让人捉摸不透，我几次试探都无功而返，这期间宝音等得不耐烦，去找狗的主人论理，不巧左右两户屋舍间都阒无人声。我想若无其事地过桥，但每次到了桥头，看见它翻开层层叠叠的厚嘴皮子，露出又长又尖的獠牙，我都会丧失勇气。那獠牙出卖了它原本还有的那么一点憨厚。

但我想旭尔干既然可以安然无恙地过去，那么它也没有理由阻挡我们。宝音持不同观点：

"狗对人和人是不一样的，也许它看叔叔顺眼，但看你不顺眼呢？"

我一听就不高兴了：

"我怎么就不顺眼了？"

宝音看白痴一样看着我：

"不是我看你不顺眼，我是说可能那狗看你不顺眼。你怎么对我吼起来了？"

我气呼呼地上了桥，它果断跳进渠水里，扑腾两下爬上渠岸。它的两个保镖虽然没有跟着跳下去，但也灰溜溜地跑开了。

我一路催马疾奔，不久来到第一片沼泽前，小心翼翼地进入其中，探查沼泽的湿度、深度和黏性，我从每年都走的那条路线过去，最深的地方马腿有近一半陷下去了，真是万幸，完全在我的承受范围之内。我又来回检查，最后终于确定，过去第一片沼泽是没有问题的。看看羊群还很远，我接着去了另外两片相连的沼泽地，除了最后一个稍稍有点困难之外，总体而言，今年算得上是最乐观的一次。这就足够了。于是我返回，在上垭口最后一个牧道的拐弯处下了马，靠着铁丝网坐着，静候羊群和宝音。

宝音以一种均衡的速度赶着羊群款款而来。后面有一群羊追上来了，那是叶西尖木措。我早知道是他。他在过了热水泉以后就拼命追赶。他以前是宝音的追求者，到现在依然没死心。宝音来了后，我拿叶西尖木措跟她开玩笑，她立刻生气了，不和我说话，远离我，走在牧道的另一边。

我们默默跟着羊群，很快来到了热水村藏族的定居点。这里有很多牛粪墙，宛如长城护卫着牛圈和羊圈，或绕着大大的圈把房子也圈进去，然后又和别人家的接连在一起，形成了一大片黑乌乌、壮丽的、夺人眼球的景观。

我观察这群建筑的时候，从靠近牧道的平房里面走出来一位个子高挑的女子，脸色红扑扑的，相貌娇丽。她的头发是酒红色的，我从来没见过如此好看的头发。我认出来了，她就是去年我们一起捉牛犊的那个女人。显然，她也认出了我，抿着嘴，轻轻地点点头。然后目光快速地放到宝音身上，只是一触便回。她扫视了羊群一眼，接着目光回到我身上。她的表情有一点忸怩，可能是没想到会碰到我。去年，我为了她的一头小牛犊在此滞留了一个小时。在抓牛犊的过程中，我和她聊起来。起初她很警惕，不怎么搭理我，但架不住我极具针对性的提问或不经意间恰好的赞美，让她放松下来。我们越聊越投机，捉小牛犊变得三心二意起来，有好几次都有机会抓住它，但我们都没有那么做，假装差一点抓住的样子把牛犊放走。其间，我们歇息了一会儿，大概有二十分钟。我当时还信誓旦旦地说，明年转场时要到她家讨口水喝。今天再次见面，我想起了这段往事，犹豫着要不要真去讨水喝。

但无论如何，打个招呼是很有必要的。我说：

"你好，好久不见。"

我以为她会因为有宝音在场而不回话，更有可能转身离去。但她没有，她反倒是向前迈出几步，将身子靠在道路边的铁丝网上。她紧紧地靠着，铁丝在大腿和肚腹那里勒进衣服，勒出一条条凸满的肉体痕迹，她毫无察觉。她摆弄了一番脖子上的头巾，双手握住了最上面的一道铁丝，仅片刻她就松开了右手，继而撑开手掌，扶到了与她的身子一尺之遥的水泥杆上。她似乎是在为说句话而摆一个恰当的姿势，她的身子站得笔直，微微昂头。她做好准备了，才谨慎地开口说：

"是啊，好久不见。"

她露出一颗虎牙，这是她的特征，但只有左面有，致使她的笑更具蛊惑人心的魅力。那颗虎牙让她的那面脸颊出现了一个不显眼的小酒窝，只有在笑的时候才明明白白看得清楚，她这一笑，刚好闪出五六颗洁净的银牙。

"今年你是否还会把我的牛犊赶走？"

我看了眼若无其事离开的宝音，和她聊起来。对于她的名字，我有几乎偏执的渴求。我央求她告诉我，语气和神态完全像是在和恋人窃窃私语，我被自己吓一跳，不敢相信自己会如此轻易地表露出这种神情。她倒镇定，一脸自然。

我向她告别时表示，秋天返回的时候，希望还能遇见她，希望那时候能知道她的名字。她笑而不语地点点头。

我刚好在第一个沼泽地赶上了宝音，她专心致志地吆喝着领头羊踏入沼泽里。那青头羯羊战战兢兢，迟疑不前，在沼泽边缘来回跑动，每一次听到宝音的声音，它都将前蹄向前伸出去，轻轻地踩到散发着腐朽之气的软乎乎的黑泥之上。蹄子稍微陷下去一点，它就受到多么恐怖的惊吓似的跳开，躲得远远的。宝音怎么吆喝，都无济于事。那只青头羊看人行事，活成了精，把握住了什么人才会真的对它具有伤害。轮到我一喊起来，整群羊都哗哗地动起来，那青头羊反应无比敏捷，跳到沼泽旁，毫不迟疑地跳进去，几下子就到了中央，然后一眨眼，它都到对面了，一点也没有之前的婆婆妈妈。

宝音气得破口大骂：

"就是一个下锅的畜生，到八月份宰了！"她瞥了我一眼。

我生怕她借题发挥，含混地应了一声，算是答应了。

她果真不满意，重重地踢一脚马肚，不管三七二十一地把羊群撵进沼泽。这样做的后果是有几只羊陷在其中而不能自拔。一只母羊的嘴戳进污泥中，闭塞了呼吸。它使劲挣扎着，但越陷越深，眼看就要不行了。我只能下马，小心翼翼地拣较安全的地方朝它走过去，走到实在不能动了，就用缰绳挽了个套绳，甩过去五六次才套到羊的犄角上，我在马屁股上拍了一巴掌，它往后退走，把羊拉了出来。对此类的事，它早已轻车熟路。我又如法炮制，拉出了所有陷住的羊，才算完全过了这片沼泽。而在这段时间里，宝音跑到羊群前头堵着羊不让走，一边喝着饮料一边摆弄手机。如果我没看错的话，她还自拍了一张。

之后，我们一直到垭口山脚下都没有停。垭口山下横断一条深深的沟壑，是被洪水冲刷而成的，袒露出橘红色的沙土，这种沙土混合了细沙和坚土，极易滑动。尤其在山坡上，一个不小心就会脚下不稳，滑出去老远。

翻越垭口时，一只暮春才产羔且没有断奶的年轻母羊，领着它那屁大点儿的羊羔，沿着深渠朝着上源头跑了。我嘱咐宝音去追赶那对母子，我骑马来到深渠最窄的地方，一跃而过。我先是紧贴着左首的铁丝网打马登山，一百米后下马，小心翼翼地踏上宛如流水滚动的滑沙。我的马只是精神恍惚了一瞬，便干脆利落地摔了一个跟头。它费了好大的劲才重新站起来，僵硬地蹬着四肢，臀部渗出一大片鲜血，它不肯往前再迈一步。我放开了缰绳，它果然给了我一个满意的眼神，拣着自认为靠谱的地方，开始专注地登山了。它有了自主权后奋力远去，一眨眼就到了垭口上，而后在那个用青石垒起来的小敖包周围啃青草，等着我。

对于我的这匹马——巴日——我是满意的。因为在大的关键的方面，它从来没让我失望，它懂得审时度势，进退有据。虽然它有些小毛病——就像现在这样受点小伤后偷偷懒——但就像人一样，有点无伤大雅的缺点也有道理，我并不会就此对它展开教育。巴日外表赤红，跟一块血疙瘩似的。它的身体比一般的马要长一些、矮一些。这方面我也很中意，我自己也不是一个大个子，就合适度来说，我们很般配。

我气喘吁吁地登上垭口，巴日和羊群正在利用这难得的喘息时间吃草恢复体力。

宝音已将那母女俩逐回羊群，正在重新调整马鞍，收紧马肚带。接下来是长时间的下山路，走完下坡，过了河，再走一条完整的山谷，并翻过最后一个低矮的垭口，就到夏季营地了。

我看见旭尔干和牛群就在山谷里面，我跟宝音交代了几句，便和旭尔干会合，我们要在天黑前抵达营地，拴牛，卸下驮子，安扎毡包，有很多活要干。但我并不担心，只要有旭尔干在，我就不担心。但凡把他放到日常劳动这一块儿，没有什么事情能难倒他。

# 第四章

我母亲极有可能已死了。冥冥之中,我感知到她从遥不可及的天宇对我投予的关怀,不能抚养我的愧疚与歉意。我确定是她。

她死了以后才有机会长时间地注视我。

那个叫那仁的家伙和他的叔叔旭尔干,在天色即将拉下黑幕的时候,驱赶着已消耗完所有体力的我的同胞们到达一个群山环绕的地方停了下来。路上还算走得顺利,但过河的时候我全身都湿透了,那感觉当真是与众不同,美妙得无法形容。如果硬要说的话,仿佛回到了母体。过了河,旭尔干特意跑来看我有没有被淹死。见我目光炯炯,他皱眉躲闪了一下,又满意地扬扬眉头,扯出一丝笑意。旭尔干看起来不年轻也不老,但如果认为他是中年也大大不妥。他的眼神里没有刻意的恶毒,我相信白天从他手中朝我飞来的石头不是他的本意。

天色一黑到底，旭尔干和那仁开始下毡包。毡包吱吱呀呀的声音又让我想起了母亲。我决定去找她。即便她死了，生命分解于荒野中，但她存在过的证据是我需要的祭奠。实物的寄托远比精神上的更令我安心。我生要见牛，死要见尸。

那仁卸下最后一头牦牛的牛鞍。牛群迈动生硬的脚步，朝毡包背后的大山坡走去。它们在刚刚冒出山涧的月光中显得厚实沉重，似真似幻，如同雕像，于银镀的冷辉中暗淡地泛着光。毡包旁边剩下的几头牛拴在一条牛挡里，这几头格外壮实的同胞现在疲惫异常，自后半段路程以来它们再也没有耍过脾气，现在就更别说了，站在牛挡里一动不动。要不是偶尔颤动某一处被蚊虫叮咬的皮肤，还真以为它们死了呢。我在离它们不远的地方，仔细观察它们。我很羡慕它们完美的身材，当然也仅仅是羡慕。我也毫不含糊地知道，假如我真的心想事成，也不见得是件好事。我虽然没有远大理想，但也不想成为一头被用来驮东西的牛，所以我看着它们累得要死要活，毫无威风可言，顿时就觉得作为一头牛，长得壮硕是多么可怕的一件事！

那仁和旭尔干做完了事，六头驮牛被解开脖扣，它们在旭尔干短促的哨声中混入牛群。这时候月亮跳出一整张脸，亮傻傻地照在山窝里，所有的声音都被月光吸走了。

旭尔干和那仁进入毡包，他们一直都没有说话。过了一会儿，毡包里一束弱不禁风的橘黄灯光跳动着碰撞了月光一下，也刹那间融进月色中。

我轻轻地远离毡包。

我走得晕晕乎乎脚不着地，身子摇摇摆摆随时会倒下去。在毡包前面几十米，有一个断坎，我来时没注意，此时猝不及防滚了下去，被摔得晕头转向。奇怪的是，摔了一跤，走起来倒顺溜了。我打一泉眼顶头经过，一时好奇喝了两口，肚子里就啪啦啦地响个不停，过河时我担心乱响的肚子，竟然没注意是怎么过去的。我登上垭口时肚子还在响，有几次口中无知觉地吐出白沫。我斜眼看见白沫像铃铛一样挂在嘴边，格外好看。我在垭口上举目四望，天地间混阔一片，哪里还有我母亲的身影。她怎么还不来？难道她真的死了吗？我呆立良久，悲从中来，泪水溢过睫毛滚滚而落。我想号啕大哭，可是几度张嘴却难以出声，最后只能涩涩地哞叫几声。我静静地站立，目光极力穿透茫茫夜空，在每一个疑似母亲的黑影上停留，直到眼睛疼痛发涩，再也看不清远处的事物。我下了垭口，进入了那条长长的，并且很不好走的山沟。我沿着山谷深处流出来的河水坚持往前走，不断地喝水来抵抗我肚子的饥饿。河面上的冰洁白无瑕，在月光下宛如一面光彩耀眼的镜子。河的两岸边沿处鬼鬼祟祟地冒出一缕一缕的水线，我的嘴要用力吸好久才能攒一口。我在喝水上面也花了不少时间。

月光逐渐变得白炽贼亮。月光和玉镜似的冰面相互照映，一时间使我睁不开眼，我不得不稍稍远离冰河，在一片高低起伏的草地中行走。草地里很不好走，我只得加倍使唤力气，没多远我就累得瘫倒在地，浑身犹如被抽筋扒皮。我真想就地睡一觉，但理智告诉我，假如我放弃，那我也许就再也站不起来了，而我却有群山一样多的理由要活下去。

好不容易出了草地，前面的大地平缓延伸开去，在目力所及之处，我看见了一个在移动的黑影，我高兴坏了，不知是从哪儿冒出来的力气让我飞快地朝黑影跑过去。我以为我的母亲来了。黑影很快接近了我，却不是母亲。黑影是一匹马以及一个人。马是黑马，人是宝音。这时我才发现羊群就在她的前面走动，如同一片融入月夜游荡于原野的幽魂。"沙沙"的摩擦声杂乱地碰撞在冷冰冰的气流中，他们集体噤声宛如哑巴。宝音看见我非常惊讶，她跳下马来，歪着脑袋瞅我。她的目光富有侵略性和不能轻易察觉的得意。得意？她为什么得意？我不由得在她的眼皮子底下卧倒。刚才出现的神秘力量不翼而飞，我几乎虚脱了。宝音蹲下来，轻轻地摸我头顶那一撮银白色的毛发。那是我浑身上下最长的一撮毛，光滑油亮。她不断地抚摸我的头毛，眼帘垂下，目光凝视。她时而皱眉，时而咬牙，然后她干脆揪住我的那一撮毛，使劲地甩动我的头。我努力坚持了一会儿，还是晕过去了。我醒来的时候发现自己被宝音驮在马上。这是我第一次被一个女人搂住，也是唯一一次骑在马上，从此以后我再也没有享受过如此待遇。宝音一路絮絮叨叨地骂那仁，我听得津津有味，觉得她突然又不那么可怕了。我一边偷笑，一边可劲地闻她身上一种令我着迷的香味。我打量宝音，发现她长得这么好看，不可思议的好看。我从她的身上幻想到了我未来的女伴，这是我始料未及的，我也应着这突如其来的幻想开始飘飘忽忽。宝音突然在我头上扇了一巴掌，怒喝道：

"看你那色眯眯的样子就知道你也不是什么好东西。"说完她还不解气，拽着我的耳朵揪了又揪。

宝音欺负完我，跟着羊群穿过一大片金露梅丛，而后踩过冰面。已是后半夜，空气冰冷如刺，光秃秃的山坡被惨白的月亮照耀着，犹如一面不知边界的瀑布，无声却有大音扑面而来。我们都在其前面战战兢兢地走，常常冷不丁地，从灌木丛里传出刺啦啦的动静，而后又销声匿迹。我感受到宝音非常害怕，她的身子在马上坐得笔直，目不斜视，一只手按着我，防止我掉下去，另一只手扯紧缰绳。马在一条只有一尺来宽却超过一尺深的长长的几乎望不到头的小道里一步一步沉稳迈步。我害怕，故意哼哼了两声，又扭动身子，试图引起她的注意。我的动静果然有效，她大发火气，用半截缰绳狠抽了我七八下。我疼得浑身抖动，随即从马上摔下去。宝音在我掉下去的那一刻松开手，她没有勒住马，马也没有停下来的意思，径直地向前走去，仿佛在掉下去的瞬间我已经从世界上抹除了。这正合我意，我还要去找母亲，当然不愿意让宝音把我搭回去。但世上不如意事十有八九，我的念头来不及在脑海里多转几圈，宝音又风风火火地回来了。我明明看见她在青色的烟雾中消逝，可一转眼她已站在我面前，她甩动婀娜多姿的瘦腰下马，轻捋柔发，用有力的小脚踩断了我鼻子跟前的一束枯草，在枯草彻底死亡的声音中蹲下来。她拿轻佻的眼光打量我，手轻轻地刮动我鼻子，她不厌其烦地重复这一个动作，手法老到，轻重始终如一，眼睛一眨不眨地盯着我。起先我在如此执着的目光中心跳如雷，大冷夜不停冒汗，可后来发现不是那么回事，她的目光穿越我而去不知所终。这种情况持续了好长一段时间，我不敢有丝毫动弹，生怕引起她不满再把我打一顿。由于长时间仰着头颅，我的脖子又酸又痛，都快坚持不住了，要不是她的反复无常让我印象深刻，我早就放弃了。

　　好在她的马关键时刻帮了我一把，它的后腿不小心碰到了宝音的后背。她在猝不及防之下猛地扑在我身上，我被压倒，发出怪怪的声音。

　　宝音再次把我放到马背上，和刚才的位置姿势一般无二。我们三个继续赶路，她始终没说一句话，沉默使我很压抑，四周静得我不敢畅快呼吸，马蹄声闷雷般地敲打在我心上。我们走完了一条我以为永远也不会有尽头的小道，又接着踏上了另外一条小道。这条小道和前面的那条没有多大区别。不久，山谷里传出和宝音的马蹄声截然不同的一种声音，虽然我在第一时间就确定那也是马蹄声，但还是有一丝疑虑，那声音简直太猛烈、太肆无忌惮了。宝音浑身突地一抖，她眨巴眨巴眼睛，一张脸戏剧化地迅速变得阴沉。

那仁和宝音在一条斜坡小道上马头对马头、人面对人面地碰上了。

我看见那仁的脸在几乎已经躲进云雾里微弱不计的月光下变成了薄薄的一片，如一张干枯的树叶。他蹬直了马镫，身子在马上欠起，龇牙而笑。

"你怎么走得这么慢？"

他不看宝音，他看着我，眼睛里似乎要闪出刀子把我捅死。

"这个狗屁大的东西，连屁都夹不紧就开始学会跑了？扔掉算了！"他对我横眉瞪眼了一会儿，又将目光挪到宝音身上。

宝音面无表情地轻提右面的马缰，让马横跨一步到下一条小道上。马刚跨过去就走动起来。

那仁跟在宝音后面。

一直到家，那仁都拿那双死鱼样的眼珠子瞪着我。

……

太阳从两座陡峰之间升腾，第一时间就照到营地上，照到我身上。我在睡梦里感受到了温度，暖洋洋犹如回到了母亲肚子里。睡意已去，但我不愿意睁开眼，我想在这种感觉里多待一会儿。

毡包里稀稀拉拉地有了响动。他们要起来了。旭尔干第一个出来。他披着衣服，深深地咳嗽两声，吐出一口浓痰。我刚睁眼，就看到那口痰向我飞来，来不及做出反应，那口痰便死乞白赖地粘到我的身上。我肚子里一阵拧巴，又难过又愤怒，"噔"一声站起来。我恨不能回敬他一口痰。

旭尔干被我吓得一哆嗦，这一刻，他似乎有点相信了我的与众不同。但仅仅几秒钟后他便失去了兴趣，转而眺望毡包后面的山坡，那里一头牛也没有。牛都去了深山旮旯里，隐约见得一两处点点黑影。

旭尔干去远处牵马回来，备上马鞍。他找来一根大约比我高的木橛子，钉在一处凸起的硬草皮上，然后把马拴在已钉牢的马桩上。那仁从毡包里出来了，接着宝音也出来了。宝音捋一捋头发，忙着去洗脸烧茶了。旭尔干去了泉水头，他在那里洗了脸和手。我看见他还喝了几口。那泉水就是我昨晚走过时喝过的，水质甘甜香醇，让我回味无穷。泉水在一定程度上顶替了我所缺欠的乳汁，说不定也是我能活着看到第二次阳光的关键。

"那仁！"

旭尔干大声地叫他，一声比一声急切。那仁很不情愿地回过头，他的脖子毫无征兆地伸了好长一节。他伸着脖子静等了片刻，见旭尔干不再喊，他也不说话，又把脖子伸了伸，似乎在提示："我听着呢。"

旭尔干说：

"牛不见了！"

那仁狠狠地骂了一声娘，犹不解气，看着我，骂了一句畜生。他们风风火火地骑着马往那个山旮旯里奔去，不一会儿便不见踪迹。这时候宝音来到我跟前，像昨晚那样，再次用手轻轻地抚摸我脑袋。尽管她抚摸得很轻很温柔，但我还是惊悸地倒下了。我已经精疲力竭，再无力站起来。宝音抱起我，呵护自己的孩子一样将我紧紧地搂在胸前回到毡包里。她把我放在一条厚厚的毯子上，从毡包一角的黑锅里取出一个饮料瓶子。凭着对乳汁的渴望，我一眼就觉察出里面不是饮料而是乳汁。难道她要给我喝吗？我既激动又感动，泪水再也止不住地溢出眼眶，在毯子上打湿了一片。她忽然消失了，回来的时候手里拿着一个奶嘴，她将奶嘴套在饮料瓶口上，到我跟前用奶嘴轻轻地触碰我的嘴唇，轻声安慰，"小家伙呀，你这么神奇……你很小妖怪你知道吗？嗯……就叫你小妖吧，好不好，小妖"。

她叫我不要怕，快快吃奶，快快长大……

我狼吞虎咽地把那一瓶奶水全部喝光，饥饿更凶猛了，我凝视着宝音。

她又灌了满满的一瓶来。我连着吃了四瓶还想吃，宝音打着我屁股把我赶出了毡包。她露出洁白闪亮的牙齿朝我笑，捧着我的脑袋，在我额头上——也就是那块三角形的白毛上——亲了一口。她叫我不要乱跑，自己转身忙活去了。

我终于不用饿死了。

过了几个小时，他们把牛群撵了回来。

所有的牛都拉着长长的鲜红大舌头，从舌头深处不断地冒出热气。牛群的头顶便形成了一团淡淡的云雾，越来越高地升上天去。我敏锐地发现最后缩在一起的几头半大的牛明显不对劲，他们的眼神里露出痛苦的表情，身子在微微地颤抖，比别的牛更警惕害怕。他们真是可怜，一看就知道是挨了打。

旭尔干和那仁把牛群收拢在毡包左边大概五十米的地方，那里是羊群夜卧的场地，袒露着褐色的土，寸草不生。牛群异常安静，一动不动地恢复着体力。我慢慢混入牛群里，刚一进去就有两三个不长眼的家伙晃悠悠地过来，不怀好意地把我围在其中。有一头牛憨憨地站在我正前方，对我挤眉弄眼，仿佛在发情一般。我挺胸抬头，嗷一嗓子大吼，几个小家伙吓坏了，眨眼工夫消失在大牛身后。我打量整个牛群，凭着超牛一等的敏锐，毫不费力地将牝牛全部挑了出来。我朝一头看起来挺和气的牛走去，她身边依偎着一头小不点。我觉得跟这个小家伙夺食是一点问题也没有的，关键要看他母亲的态度。我慢慢摸索到她的身后，那头小家伙好奇地看着我，我一点也不害怕，我和他并列站在一起，努力做出亲昵的样子。我用我的脑袋蹭他的脑袋，他舒服地闭上眼睛。我用这会儿工夫偷眼打量了一下母牛，她歪着头看我俩，似乎很满意。因为我看见她眯着眼，点了点头。我大喜过望，更加卖力地帮他，给他全身挠痒痒。等到他完全舒服了，便左一晃右一晃地踱步到母亲身边，懒散地把身子靠在母亲坚实的大腿上，瞥一眼母亲硕大的乳房，似乎提不起吃两口的欲望，因为他干脆闭上了眼。我痛苦极了，恨不能顶替他去吸那甘甜的乳汁，但我强忍着激动，又磨磨蹭蹭地来到她身边站住，乳房清晰地在我眼前展现着，我已经闻到了令我蠢蠢欲动的味道。我死死盯着右边的两只奶头，有一个奶头尖上积聚了一团黏黏的米黄色的奶珠。奶珠聚到一定程度后便脱离奶头掉下去，隐没在土地里，然后接着再次开始积聚……我使劲咽口水，多么希望奶珠是掉进了我的嘴里啊。母牛伸着脖子，有韵律地摆动着牙齿，反刍着肚子里的东西。她对我不排斥，这让我欢喜。我又往前挪了两小步，低下头，嘴唇已经碰到她大腿内侧，离奶头只有一寸之遥，她还是无动于衷。我的胆子再次放大了一些，直接把嘴巴顶到奶头上，但我并没有张开。她还是动都不动。我张开嘴，接了一滴奶珠咽下去。接着我含住了一只奶头，她突然回过头来，在我的屁股上闻了许久，吓得我立马放开了奶头，将头缩在乳房之下，静静地等待着结果。

她并没有踢开我。她在我和她孩子身上闻来闻去，最后继续嚼东西去了，似乎已经默认了我的举动。我毫不犹豫地再次噙住奶头，并等了片刻。然后轻轻吸吮了两下，立刻就有一股暖暖的无比香甜的汁水流进了我的喉咙里。我全身都欢快地骚动起来，再也控制不住自己，大口大口地吸吮着乳汁。她的乳汁真是太多了，我都咽不过来。乳汁顺着我的两边嘴角一直流到胸脯上，又继续往下流，流到土地里。乳汁一发不可收，流起来简直没完没了。我只吃了一个奶头的奶水就饱了，等停下的时候，奶水还在使劲地流，像一条小溪……

我吃得饱饱的，像那头小家伙一样靠在她坚实的大腿上晒起太阳的时候，我突然放弃了之前的想法。既然她对我这么好，我又有了这样一个看起来还算可爱的兄弟——重要的是她的奶水如此充沛——那我为何不留在她身边，给她当一个乖巧的儿子呢？我被自己的想法欢喜得摇头晃脑，并用儿子的眼光不断地打量她。也许从此以后她就是我的第二个母亲了，我得好好瞧瞧她。我仔细观察她，才发现她很强壮，即使身旁有很多大公牛，但她依然不失风采，在我看来，她甚至是最好看的牛。我很快进入了一个乖巧儿子的角色，迈着小步移到她的眼前，好让她能够全面地审视到我。我一点也不害怕，说实话我对自己的身体那真是充满了信心，拿我和小家伙一比，不知情的以为我才是她的孩子呢。尽管如此，我还是小心翼翼地把我所有的举动做到最好。她的眼睛睁大了一些，我抬起头，尽量以楚楚动人的姿态和她对视。

我如愿以偿地成了她的第二个儿子,与小家伙一同分享四个奶头。我又有母亲了。

由于母亲的乳汁多得无法计算,我和小家伙也就用不着为了多争一个奶头的使用权而打架。我天生体健,如今又有了充足的营养,所以优势就显现出来了。没过一个月,小家伙被我甩开了。我俩站在一起,好像我才是哥哥,他是弟弟。

# 第五章

　　我把挤奶的母牛赶回家时，着了墨色的气流刚好将草原全部串连通贯，使之成为一个沉重的整体，压迫着大地。毡包门前的两匹马，和慢悠悠回归的羊群、远处划出一条黑线的山脊，都淡入灰暗了。帮宝音将十三头母牛和牛犊都拴好在牛挡上，然后把羊群收拢在毡包旁边，我这才得以坐下来抽根烟。宝音去了泉边，那里放着的白塑料桶已经灌满了三十斤的泉水，桶上缠着一条蓝色的绸带，是我以前用来勒束皮袄的。宝音嫁过来以后，我把带子贡献给她用来背水。要说背水也可用牛毛绳或者塑料绳——别人都是用这些绳子的——但那些绳都又细又硬，我怕宝音洁白光滑的俏肩被勒坏了，弄出伤痕，便不同意她用乱七八糟的绳子。我看见她把屁股撅得老高，水桶在她的背上不安分地左右晃动，眼看要往一边掉下去的时候，她手扶着地站起来，水桶又回到原来的位置，她反过双手托着水桶底，一步一步地走，随时调整走姿。

到达毡包之前，她需要经过一面颇为陡斜的土坎，土坎上已斜着走出来一条小道。她很费力地上了坎儿，从我身边经过。由于腰背弓得很深，她有一种预示未来般的老态。我记得在这同样的地方，这样的一幅画面我从十几年前，乃至二十年前就见过。那时候，水壶下面的女人是母亲。母亲背着水壶一年年老去，直至再也背不动。而现在换成了妻子，她的身子弓缩成一团走过去时，我产生了一种错觉，好像返回了少年时代，态度冷漠地看着母亲抱着病体辛苦劳作，并且更加冷漠地看待世间一切。真可恶啊，那个不知好歹的少年。

山林深处传出"锵锵"声，空旷的山谷如同巨大的扩音器，将那声音无限放大扩散开来，颇有震耳欲聋之势。刚才还静得无比安详，这会儿顿时有些骚乱，各个地方传出回音，仿佛所有的野物开始集中讨论起一件大事。虽然没能听明白那声音是什么野物发出的信号，但之后，我轻易辨认出了几种飞禽和走兽的声音。黑夜总叫人产生陌生的混乱，就像第一次走入地窖。

宝音进了毡包，点亮了太阳能节能灯。毡包的门缝里泄出去一条顽固的光线，把毡包前面的草地隔开成两半，各自迥异，俨然是两个世界：一边野物活跃、水流激昂；一边寂寞重重，吞纳一切。

宝音开始做晚饭了。不管任何时候，她永远是我们家最忙的人。她揪面片儿的动作经过千锤百炼，流畅舒展，具有高度的严谨性和标准性，百看不厌。我和旭尔干聚精会神地看着。宝音似乎也对此情有独钟，她享受这种完全能够驾驭的优美表演，时而流露出一副幸福的样子。没有几个人比她更加执着热爱于具体的事物，她让我觉得，我的生活态度是在敷衍这个世界，而她却是在真正地感受人生旅行。

津津有味地观赏完了整场演出，吃的时候我和旭尔干都多吃了一碗，只有这样，才更能充分肯定她的付出。一吃完饭，旭尔干即刻离开。他会散一会儿步，而后心满意足地去睡觉。高出 1 600 米的海拔对我们来说不值一提，旭尔干甚至说，海拔一高，睡得更香了。到来的第二天，我和旭尔干去了一趟长沟的那片面积最大的灌木丛林，砍伐一些高山柳和金露梅回来铺成床，睡觉受潮的问题也解决了。当然，我没有调教那几头驮牛中的新晋成员，依然还是用了最乖最省事的老伙计。旭尔干的确没有再管这件事，由我自作主张。但他也说了，关于这件事，需要我亲自跟父亲解释原委。因为这是一项夏季必须完成的任务，得有人负责。我没有说什么，回忆了三年前的那一批驮牛——现在已然成为主力——是怎么调教的。我记得那是在立秋之前，第一场霜降莫名其妙地来了，两天后还下了一场雪。那场雪是由两天两夜的阴雨引发的。雪后，父亲想要在营地的后山梁最高处树立一座白石头敖包，说是为了营地更加风调雨顺。他说干就干，带着需要调教的五头牦牛进山去采集白石头，每天来回两趟。很快，所需的石头就已经准备好了，他也把五头牦牛治理得服服帖帖。当我们开始为一年的第三次转场做准备时，父亲已经将敖包垒砌成型。有四米多高的白色敖包成了这一带的标志建筑。到第二年的时候，我们的营地所在之名被取消，人们很认可地开始将这片区域称为"白敖包"了。而也是从这一年开始，父亲就不再上这儿来了，他长久地留守冬窝子的定居点。这座敖包，也是他结束长达半个多世纪的游牧生活的一个纪念。因此，在这件事上，他没有让我们帮忙，他一个人非常高明、高效地完成了这项工作。

来到白敖包后，旭尔干每天跟着羊群进山。这里的狼已经急红了眼，紧紧跟着羊群都有可能被它们偷袭，如果疏于防范，一旦狼冲进羊群，那可不是死一两只羊那么简单了。狼会将一部分羊分割赶走，一路上它会在羊的颈部、腰部，或者在大腿上咬上那么两三口，它不会一下子咬死羊，它让羊在死亡的恐惧中慢慢流血而亡。它越过那些已经倒下的可怜的羊，继续追逐羊群，一直撵到羊跑不动了，它才会挑三拣四地喝血、掏心肝，悠哉地细嚼慢咽，直到有人出现。两年前，琼贝家就是因为有这一幕上演而损失惨重，从此一蹶不振。前车之鉴理当引以为戒，在关乎家庭命运的大事上，旭尔干从来不会掉以轻心。

而我则要去迎接转场而来的邻居——恰汗塔·哈图一

家子。他们家到达营地的时间就像事先经过精心计算一样准确，从来不会超过下午六点钟，年年如此。

我因为帮助宝音在她挤奶时放牛犊，比预设出发的时间晚了一个小时。上路后，便不断催促着马，从垭口往下，朝河边奔跑。我没骑巴日，它已经够累了。胯下的这匹马没有名字，因为它来到我手里的时间不长，我还没和它混熟，而且很快它就不是我的了。我打算卖了它。以前有兴致那阵子，我倒是给每一匹马都起名字，后来觉得那没意义，因为不是所有的马都会一直陪我，一晃过我可能就忘了。尤其是我给一匹马起名叫"闪电"（我很喜欢它），参加了几次小型的赛事，由于成绩不突出，被几个朋友嘲笑说，"闪电"果然是"闪电"，一闪就没了。那以后，我从不轻易给马起名。巴日总算比别的马要好上那么一点，比如在速度上就常常使我产生一些盼头，毕竟再怎么说，它也拿过几个长跑比赛的小奖。可是，它确实是一匹不那么安分的马。我记得有一次，它那犟脾气惹恼了我，我将它拴在木桩上，抽了它七十鞭子。我虽然出了气，但从此也给巴日留下了一个坏习惯：每当骑着它，微微地动一下手臂，它立刻就惊恐地跑起来，拽都拽不住。我每次都像对付大型野兽一样小心谨慎。我想过再换一匹，但一来找不到一匹中意的好马——我现有的几匹只适合随便骑着放牧，上不了赛场；二来尽管巴日有这样那样的毛病，性子越来越烈，但它在我身边已经待了五年了，无论如何我都无法随随便便地对待它。

一人一马行走在这条山谷中低矮的植被丛里。这片土地长了很茂密的金露梅，眼下正在含苞待放。过去，有那么几年，这里的金露梅成片成片地死亡，仿佛被火灼烧过一样灰败，而人们却不知道是什么原因。但很快，它们又复活了，而且更加璀璨。植物们的生命力，真让人吃惊。

我走了一阵子，在一对忘情欢好、努力交配的兔子前停息片刻。我看着它们，目光匪夷所思地产生焦距。我无数次观看过马、牛羊、狗，以及各种野外生物的交配，渐渐也看出些许名堂。生命的孕育附带着神秘的未来经验——一种流动的物体。每看见一次生命孕育的起源，我都仿佛经历了一些什么，但总差一步不能明悟。我看了一会儿，对还没有结束的两只兔子默默祝福了几句，这才继续赶路。天气不错，阳光纯净干脆，光线在我脸上晒得发痒。抵达热力木大河岸边，我瞅了瞅太阳的位置，大概估算了一下时间。如果把迎接的地点放在一成不变的热水泉小广场，那么我才走完三分之一的路，不过，剩下的路很匀称，恰好一半上坡路和一半下坡路。我还有时间，可以提前到达，在热水泉那个小店里休息一会儿，要一桶方便面、一根火腿肠、一包榨菜和一瓶酸梅汤当作午饭，再看看正午的电视新闻，再有剩余时间的话，就打一把台球，赌十块钱。

午时的阳光滚烫如火，商店里闷热异常，苍蝇到处飞。梁上垂吊而下的几条苍蝇粘上密密麻麻地栽了无数小黑点,再也容不下哪怕一只苍蝇了。我似乎闻到了一股令人窒息的恶臭味。我坐在简易的客厅里,自己动手倒开水,泡方便面。但我看电视的请求没有被批准。在店主似乎要冒出针尖的目光下,我吃完了桶面,然后将凉得有些温了的那碗白开水一饮而尽。她把暖瓶拿走了。她把暖瓶拿到原位置(也就是电视机旁的角柜里)。这时候,她要赶我走的意图就非常明显了。于是我走出了商店,我很遗憾老才登卓玛不再掌管这家小店了,她在的时候,对人热情,我可以像在家里一样自在。而她的女儿,这位女士,我不会说她坏话,但也实在不敢恭维。

我刚点上烟,便看见恰汗塔·哈图的老婆骑马而来。我走上去问候,梅婶下了马,她跺跺脚,把皱叠上去的裤子抖下来。

"又要麻烦你了,去下水渠看看吧,今天不知怎么了,那几头老牛好像疯了似的折腾,我装碗碟的柜子被摔散架了,碗碟大半都碎了……气死我了。"她一脸痛苦的表情。

"这是怎么啦?往年你们家的犍牛都挺乖呀。"

"那几个畜生,可能是被鬼抓魂了吧,现在我们连吃饭的碗都没有啦。"

"不用担心,梅婶,我家有。"

"嗯,也只能先借用你家的了。"

"那我去看看,您快去吃饭吧。我去看看。"

没走多远，我便看到了恰汗塔·哈图和他的儿子昂沁夫。他们跟在牛群后面，羊群跟在他们后面。昂沁夫很高兴我又准时来了，对于此次转场的一点小意外，他并不感到奇怪。他说：

"你想想看，这是从来没有过的事，但我妈的反应，好像我们每年都这样似的。不过，它们的确把她惹急了。"

"你们吃饭的家伙都没了，婶婶能不生气吗？"

"我说再买就是了，她转过来把我臭骂了一顿。"

昂沁夫长得庄重，看上去比他阿爸还要成熟些。他才二十三岁，可无论是从体型还是面庞上，他都是那种让人看一眼便会觉得很靠谱的人，这种欺骗性也让他苦不堪言。而恰汗塔·哈图已过不惑之年。俗话说"四十不惑"，说明人一旦到了这个年龄就会做出一次必要的改变，或者是说人到了这个年龄在各方面才算是真正成熟了。但恰汗塔·哈图好像更不靠谱了。他嫩耳柔发眯眯眼，一口好牙，常常做一些与年龄不符的事，这就使得他无论心态还是身体，都显得更年轻。

如果有可能，昂沁夫不会和他阿爸走在一起。那会让他有一种压力，正如别人所说的那样，他们不是兄弟，却胜似兄弟，父子这种关系更多体现在血液里而不在长相上。有时候，昂沁夫会对我发发牢骚，埋怨父亲过于年轻的脸，和那特立独行的处世哲学。他怀疑自己会老得很快，并且比父亲先一步死去。但在心里，在不愿意言说的背后，他羡慕阿爸的皮肤和相貌羡慕得要死。怎么也想不明白一对父子的基因，竟会出现如此大的差异。

我和他们碰面，简单地聊了几句，我催促哈图快去吃饭。哈图不去，他让儿子去。儿子更不去。后来，我和昂沁夫一同说他，他才走了。

昂沁夫说：

"他昨晚去打麻将，今早才回来，我一看他那张臭脸，就知道输了不少。"

我由衷地说：

"你老子的精力真是充沛啊，有一个传闻，不知是不是真的？"

"什么？"

"你老子他欠了人几万块，打麻将输的，有这回事吗？"

"有，怎么没有？"昂沁夫厚厚的脸黑得浩浩荡荡，那双厚厚的嘴唇黑得堂堂正正。他推开遮阳帽，说道：

"为这事，他俩都吵了几十回了。"

"难道你没有劝劝？"

"我才不会给自己找不自在呢。"他很不乐意地摇头叹息。

剩下的这段路走得很顺利，再没有哪一头不开眼的家伙跳出来闹事，我倒是很期盼有一头驮牛跳出来表达不满，把身上的东西甩得七零八落，然后用铁一样的蹄子毁坏它们。那场面真是蔚为壮观！遗憾的是，每年也仅能看见那么两三次，运气不好的话，连一次都没有。我们到了小广场边的商店，哈图两口子已经吃过饭休息好了，正等我们呢。他们接替了我们，继续赶路。昂沁夫去吃饭，我懒懒地跟着羊群，继续匀速移动。不到二十分钟，他就追上来了，一边嚼着饼干。他递给我一瓶"雪花"牌罐装啤酒，已经被打开了拉盖。我俩并排走着，喝着不怎么凉还有点涩的啤酒。

翻过垭豁，渡过热力木河，再走几千米，就到了我看见兔子交配的地方。到这儿，昂沁夫坚持要把羊群丢下。

我们抽着烟，休息了一会儿。羊群散开在这片很久以前是河滩的灌木林中，它们缓慢地移动着步子，忙碌的嘴巴配合着同样忙碌的眼睛，只要被眼睛一盯上，嘴巴便会以最快的速度把那束草扯进嘴里，嚼动着吞进胃里。收着马缰，我们慢慢朝营地走。昂沁夫说起他在察拉龙洼收购羊羔时遇到的惨痛经历。他这样说：

"去年夏天，我出远门两次，一次是刚刚七月份，一次是八月份。七月份那回，我先去了德给龙洼，然后才去的察拉龙洼。在察拉龙洼，我其实没有太深入山区里，我的计划当然是到深山里去的，我想既然我要得到最好的羊羔，那么就到羊贩子一般不会去的地方去找找看。在德给龙洼我很失望，因为无论多远多偏僻的地方，我都晚了一步。但是察拉龙洼不一样，这里的地形更复杂，更大，也更加遥远。我刚到的当天下午，就找到了好羊羔。你想不到，那群羊羔有多好，大概是一百二十只吧，几乎一样的大小，没有小的，有几只特别大的公羊羔，你几乎就不用怀疑，养大了就是好种羊。你要是看见了一定会要死要活地把那群羊羔买下来，你会眼热死的。太棒啦，我根本无法形容。我告诉你，那羊羔比你的母羊都高出一截。太棒啦，我无法想象那些羊羔是怎么养出来的，我看见的时候，羊羔已经断奶了，我当时就觉得，这样的羊羔肯定是饲料育肥的羊羔。但接着仔细观察，发现它们不像是吃饲料的样子。和我谈价格的羊羔主人是个女人，名字叫白玛，长得那叫一个俊，那叫一个性感，就是让人咽口水的那种女人。她赌咒发誓，说这绝对不是育肥的羊，而且我也没有发现料槽啊、料房啊之类的东西。这个人家除了一个帐房，周围干净得像被牛舔过一样，家里更不要说了，我不相信还有比她家更干净的人家，太夸张了……其实白玛是有洁癖，洁癖是什么？就是不能看见一点脏吧，是一种病……我说得也不对，她不是嫌弃所有脏的东西，反正很古怪。我们讨价还价，我觉得我出四百块确实是低了一些，就这些羊羔来说，我是有占便宜的嫌疑，所以我很快调整了状态，后来我出到了五百、五百一、五百二，但我失去先机，她认定我是来占便宜的，改变主意，她不卖了。他妈的欠操的娘们，她耍我！我气坏了，和她争辩，引来了几个男人，不分青红皂白就把我打了一顿。不过我也没吃亏，我一个人干翻了他们三个人，但到剩下那两个我没力气了，只能挨打。他们打了我一会儿后便丢下我走了，我躺在地上缓劲儿，然后一瘸一拐地离开了。但是，我气不过，我满腔的愤怒。就算不卖，也可以理解，我们讨价还价，是生意常情，他们凭什么打我？而且，那个女人凭什么说我欺负她？我气不过，而身上的痛苦加剧了怒火，我开始谋划报复。我想，既然这样，那么再更严重一点有什么大不了的？我不是小老鼠，可以被他们欺负来侮辱去的。我从摩托车后视镜里查看脸上的伤势，除了右脸颊有一块淤青，其他部位完好无损，但我身上是青一块紫一块的。我在离她家十几千米远的地方停下车，找了一块地方躺下，等待天黑。其实当时已经快要傍晚了，有很多摩托车在路上行驶，他们无一例外会好奇地看向我，观察我。有些人会将车速放到最慢，细致入微地将我放大，然后打量。我躺在那里，眯着眼睛，也在观察他们，我猜测他们为什么这样好奇，是我有什么不对劲的地方吗？我转过身去，背对着公路，心中的仇恨依然难以抑制。我发誓，我真的是努力想让这件事就这么算了，因为退一步来说，其实没什么，我没有损失什么，至于受伤，有时候不小心摔一跤也会受伤，真不算什么，但是，你知道的，这些安慰根本没用，我说服不了自己。我心里有一头猛兽，我束缚不了它。所以，到晚上——应该是九点多，天色刚刚暗下来——我回去了，去找她。我知道她一个人，白天我已经了解了,她的男人死了,她儿子也死了。所以我放心大胆去了,将摩托车停在河沟,悄悄地过去。她家的帐房门开着,有音乐传出来,你知道是什么歌吗?是《花儿》,是个女人唱的。我放轻脚步走进去,看见白玛在洗脸,披头散发。她从镜子里看见了我,不出我所料地尖叫一声。"

他说到这儿,深吸一口气,阖眼不语了。

我十分怀疑地看着他说:

"接下来呢?你不会是干了什么事吧?你知道干坏事的后果吧,而且你是报仇去的,你怎么报仇了?你说啊。"

"什么后果?有什么后果?"他骄傲地骑在马上,用超出一个头的高度俯视我,嘲笑道:

"你酒不喝烟不抽,说话老气横秋,做事又思又愁,像个年迈老头!"

说完,他乐得大笑不止。

我接着他没有说完的猜测:

"你和她好上了对不对?你们从敌人变成了爱人,从伤害变成了做爱,从痛苦变成了欢快,厉害啊,牛逼啊!"

昂沁夫哈哈大笑:

"别瞎猜!"

# 第六章

许许多多的日子一晃一晃地过去了,我努力习惯着团体生活,把握着一种我看不见但能感觉得到的分寸。我在飞快地长大,弟弟变得越来越像我儿子。每隔一天,我都有一种错觉,仿佛弟弟比昨天更小了一些,其实是我更大了而不是他小了。对我的这种变化母亲最有发言权,她骄傲地说,我天生就是一个牛王,属于五百年出一个的天生英雄。我觉得也是这样,所以其他的同胞惊讶甚至是恐惧我的时候,我会选择原谅他们。我喜欢他们疏离我、远离我,因为我也怕他们生活乃至精神上的贫乏给我带来不好的后果。对我的变化第二个有发言权的是弟弟,但他绝口不提此事。他心里嫉妒得要死,有一阵子总是莫名其妙地跟我找碴,被我修理几顿后老实了,但他总是气哼哼的毛病已经改不掉了,所以大家都以为他是一个高傲的家伙,也不跟他玩。于是他生气的样子更严重了,也只有我才能容忍他，我带着他玩。我壮硕的身躯很好地将我们单独出去时的危险降到了最小值。但也是因为我们每次出去都在附近，从来不会跑开太远。每次三个小时内必定回归牛群里，而且从来不在那仁来的时候表现出异样。他一直没发现我们在单独跑出去，这很好，我不想让他时时刻刻惦记着我，尽管他已经足够惦记我了。我一直在谋划着逃跑的事情，这是我必须要干的事情。我放弃了去寻找母亲，已经过了最佳的寻找时机，她现在估计连一整块尸骨都没有了。尘归尘，土归土，我倒是不再那么悲伤了。

我仍然要逃跑。在逃跑之前，我需要报仇。杀母之仇，不共戴天，这没什么可说的。但是，我向谁报仇呢？那仁？旭尔干？宝音？母亲的死，他们都有责任。要报仇，是把他们都杀了？还是让他们吃尽苦头？我不想让宝音死，也不想让她伤心。这让我很痛苦，不知道该怎么办。

而且从他们的立场来说，这是很合理的事情，一头牛产后失血过多，已经救不回来了，放弃没有错。弱肉强食，没什么可说的。

我在等机会。

而我知道，当我真诚地等待机会的时候，它就会到来。

眼下刚刚入秋一个月，可是第一场雪已经覆盖了整个草原。第二天约莫黄昏光景，乍然而起一股相当诡异的飓风，把毫无防备的初秋之雪横吹而起，恰似乌云低低地掠过。等入夜时分，一枚完整皎月照亮大地，草原已然彻底变身，它又变得完全不一样了。

我和弟弟追逐着向东移去的遮天蔽日的乌云，沿着阒无人迹的专为我们这些牲畜而余留出的牧道奔跑。乌云放缓了行程，我俩渐渐离得近了，却永远抵达不了乌云跟前，仿佛刚才匆匆的一次邂逅，就是永恒的决别。牧道的长度超出我的想象，笔直得就像一根丈量天地的褐线，其重量足以陷地三尺。永无尽头的牧道和永不照面的乌云完美地契合于一处，相融而变。我突然觉得这牧道就是那乌云的尾巴，它会越来越长。于是我停下来，止住弟弟的脚步，我们目送乌云消逝在眼中。

返回的途中，我先前高涨的情绪跌落，忧郁像血液般流淌于我的体内。我默默地埋首走路，对弟弟的叫喊不闻不问。我小小年纪就已经沉默寡言，我蕴含在舌头中的精华正在慢慢流失，我的语言还没怎么开始，就要结束了么？或者说我根本没有开始，也就没有结束？我的语言，正在经历着某种我有所察觉却无能为力的灾难，我正在经历着遗失自我的全部过程，而与此同时，我对人类的感知愈加鲜明、敏锐。我正在脱离我命定的物种，转而靠近危险的不可预知的另类身份。当我的牛的存在黯然失色的时候，我的意识已经悄无声息地另起炉灶，并深入探索得有声有色了。然而退一步讲，我的出生就昭示我和我的同胞们绝不相同，所以天生具有优秀直觉的同胞们疏远我是情理当中的事。那么我又何必患得患失呢？可即便如此，我依然有希望，因为我有亲人。但是，前不久，养母意外而罕见地流产了。这件事对于整个牛群来说就是个屁大的小事，但放到我和弟弟以及母亲的身上，其意义是非同凡响的。我一直以来特别希望能有一个妹妹，就像那头有银色脖颈的小母牛一样。她是小母牛里最可爱的。有一次，我心痒难耐，主动过去打招呼，却因为大部分的母语丧失殆尽，又带有一种在她看来别有意图的表情，她漂漂亮亮地拒绝了我的善意。她强调，虚假的罪恶重于付诸行动的犯罪。

"这是我娘说的。"她伸出一只前蹄，用嘴挠着关节处，以相当怪异成熟的语气做了补充，"所以，我的好脸色倒是会给那些罪犯。因为罪犯一旦犯了罪，内心就不会犯罪了。"

"你娘说的？"

"是呀，我涉世不深，还没有自己的主见。"

计划就这样搁浅了，我彻底失去了再找一个干妹妹的兴致，转而渴望母亲给我生一个出来。恰在这时，母亲轻飘飘地从阴道流出一摊腥臭且奇形怪状的血肉。她堆着眼角屎，远远朝我悲催地呐喊："是老天夺去了我的骨肉啊……"

相比于我和母亲内心某种愿望的破灭，弟弟就显得从容许多。他全然不关心这些,他暗自懊恼的是:早知如此他就不断奶了。如今母亲的乳房干瘪地紧贴于腹部,静等来年的膨胀。

我想刻意忘掉发生在我身上宛如蚀骨的变化,力求回归"牛"的原位,回归与顽强的意识对立的一种状态,为此忍受何种痛苦我都是别无怨言的。我们转移到茶汗盖日之后,旭尔干花一天的时间又将我们赶到圣湖边上,为的是让我们吃吃咸度十足的圣湖之水,以便补充体内盐分所需。头天傍晚到达之后,我们散开在湖边,随便喝盐水、吃湖畔一带的沙地里生长的冰草。我们像列车似的排列成一行,全无例外地将嘴触到水中狂欢牛饮。旭尔干站在堤岸的高处,俯视我们的一举一动。

湖边已经有很多细碎的冰,西风刚烈。用不了多久,湖水将在一夜之间全面结冰。旭尔干正值赶在结冰前完成这一年一次的工作。

我内心焦虑、苦闷,乍来到波澜壮阔而澎湃的湖边,心情好了很多。我沿着湖畔独自散步,冷眼旁观意识与灵魂燃烧着火焰的缠斗,好几次我都想介入其中,想拽回自我,但每每功亏一篑。既然如此,索性我就由他去了。倘若我从此步入歧途,身陷自己的痕迹中难以挣脱,那也由不得我了。在做出这个看似鲁莽的决定之前,我突然想到先祖也许格外乐意看到我的抉择,这正是他们一直以来遥不可及的梦想,如今被我轻而易举地得到了。那么我是不是应该有所觉悟，而后感到庆幸呢？

我远离了牛群，那种仓皇的疏离感终于露出全部面容，强硬地解了我的后顾之忧，就像信心爆炸那么有力。

旭尔干在喊叫。其意自然是叫我别找不自在，速速归去。而我也不再疑虑，转身往回走。我回到牛群，就像一个幽灵浮荡于牛群。

我们在湖边喝了三天的盐水。湖滩一带基本上没什么可吃的。所以我们也就饿着肚子，实在不行就使劲喝水。这招我早已试过，坦白地说，确实有点用处。夜间卧歇于干燥之地，倾听风和水默契的协奏，不禁感慨丛生。曾几何时，我为生命的脆弱而受惊不已，一出生便使命般地思考，如今一转眼，竟然莫名地追究身份问题了。沧海桑田不过如此。

第三天的夜里，忽然起了猛烈的西风，天空中流窜着不安的尖锐寒气，前赴后继的寒气组成的军队，呼啦啦地掠过湖面。待次日黎明，启明星的微光中，只见圣湖的青色之水宛如巨墙一层一层横推到岸边，气势惊心动魄。

旭尔干朝轰隆隆的白浪喟叹一声，他牵着马，催动我们启程。返回那卡诺登山北麓的草场，重复无力的颓然生活。这时，我才突然意识到我的这些思考是多么难能可贵，它时而突兀时而隐秘地阻绝了我彻底滑向堕落深渊的可能，它促使或者保留了我的生活乐趣升华的可能。我的期待像脂肪一样介入体内，我的战斗欲望陡然猛烈，让我不由自主地跑在前列，和领头的黄公牛以及大盘角的犍牛一起领导牛群前行，我自信昂首，一时间斩灭了所有的妄念。

我的变化被母亲无一遗漏地看到眼里。直到我自个儿走出迷茫，迷幻的眼眸中流露着朝气蓬勃，她才松了口气，在途间小歇时踱到我身边来，低声细语地说出了她的喜悦。她说：

"现在，我终于才算真正放下心了。我愈加感到力不从心，兴许撑不到吃青草的时候了。"

我心眼儿颤颤的，继我那生下我后再未谋面的母亲——我意识到过不了多久——我又要失去至亲了。可除却悲伤，偷着流泪，我又能怎么样呢？我只有稳稳地接受，像领取一份恩赐一样心甘情愿地接受。

我凝视母亲憔悴的面容，发现她似乎高估了自己活命的期限。在我看来，她整个儿的状况无疑在预示着自从我那未曾成形的弟弟或妹妹没了之后，她已然在不自觉间先踏入另一个世界一步了。

我们辗转了分别位于苔合么日和凯热的两个小小的阜场，终于回到了自己的草场里。之前，那仁为了省事，只在人们过年的一个月里——草场里有雪，所以就不用三五天地给我们饮水——才把我们送达这里。但我们也仅仅沾了过年的光，而且是很短的一段时间。三月初，他重新将我们撵回凯热的那个早已吃光的才四百亩大小的破草场里。我听说他一转身，便把自己的草场高价卖出去了。那笔钱用来支付这两个草场的费用绰绰有余。

他从来都是这样，除了压榨我们，也不放过其他任何一个可以压榨别人的机会。我对那仁的卑鄙无耻每隔一段时间就有进一步的认识。我将他的所作所为贬得一无是处，仿佛他是世界上最肮脏的东西。可是，每每恍惚中，我又为什么会萌生一种对他羞答答的崇拜呢？我为什么崇拜？是因为我明白这些东西尽管可怕却又是现实中最有用的吗？我意识到摧残我的是那狡诈而隐遁的欲望吗？是与生俱来的"胎记"吗？并且绝不会轻易改变吗？那么是我使其壮大、成熟起来的吗？人们说一句话：欲望产生堕落。我不禁怀疑，所有的都是吗？还是某些欲望才能产生堕落？我相信所有的答案都是不同的，因为每颗心里"堕落的欲望"是不尽相同的。而我的欲望，到底算什么？

我给不了自己清晰的回答。别人也不能。

我试图把自己放在那仁的角度，以成年男人的思维看待问题，但首先阻挠我的是我黑压压的同胞们，它们的沉默凝聚的是箭的穿透力，一射即中。而它们却不知道已经很成功地阻止了我的一次冲动。于是我退而求其次，摆脱牛的桎梏，随便以什么眼光审视判断欲望的准则，却也是失败的。至此我已明白，一种根本性的转变是多么困难。

回头来说，当我们重新回到已经吃得光光的所谓"自家"的草场，这里有一间小窝，是他们三个人秋天时折腾出来的一所半地窝房子。这所属于地窝式的房子之所以不全称其为地窝，是因为它的大部分是袒露在外面的。挖在地上的坑有我的三四个身体那么大，二尺深。他们捡最硬的牛皮草，挖出的每个草皮块都有婴儿床大小，一尺厚。他们就用这个将房子垒起来，头一天他们挖开地坑，开始垒到地皮表面；第二天黄昏时分已经到达最顶端了，第三天刚到下午房子就封顶了。接着他们混合了泥巴和干草，厚厚地涂抹在外面和里面的墙壁上。等这道工序完成，就等同于房子竣工了。让我忍俊不禁的是那门和那窗，窄小得超乎想象，那门能容一个人侧身进出就是极限了；而那窗，不如说是一个烟筒般的窥视孔，可以从里面瞧见巴掌大的一片地域……

我每天无事，闲来好奇，便尽量靠近，一边近距离观察他们怎么干活，一边也想听听他们在说些什么。让我奇怪的是这所丑陋的破房子竟然丝毫没有引起他们的争论，真是咄咄怪事。因为在我的印象里，不管干什么，他们都会从各自的论点出发而争论一番，不采纳是没关系的，但要说的话一定得说出来。

难道这是他们一致的意见？

那仁以前是不屑于在秋牧场盖房子的，他认为在草木丰盛之极的秋天住在房子里，有碍蒙古人对金色自然的感知。另外，他还舍不得草场被破坏。然而有些事情或观念转变得实在是有些快了，那些和那仁想法一样的人们，一转眼便先盖起房子来。有条件的人盖的是砖瓦房，但更多的是这种草皮块的地窝。不过是一个可以住得暖和一点的临时窝，又不是冬窝子那样的定居点，确实没有必要盖得那么好。砖瓦房光鲜亮丽、气派，同样价格也不便宜。在困难的时候——他们一直都挺困难的——委实不宜多生开支。

"开源节流。"

每每遇到花钱的事，那仁就会搬出这句话，很有威慑力地强调节俭和勤劳的重要性和必要性。而每次旭尔干最不愿意听到的，就是后面的"勤劳"两字。他攻击讽刺那仁连这两字的边儿都挨不着，因此有何资格要求别人。在他看来，那仁就是在含沙射影地说他。这是不可忍的，反击是必然的。那仁的狡诈、旭尔干的敏感，以及宝音的无动于衷，构成这个家庭奇特的现状。我从中领会到，原来吵架并不是一个家庭不和谐的罪魁祸首，或者说不是主因。有的时候，吵架反而让家庭更加凝聚。所以我很快失去了对他们吵架的兴趣，转而在意那些字里行间流露出的、片段的、模糊的信息。譬如，旭尔干突然说了一句："马家的人想让马金山进巡山队。"从中我联想到的首先是枪！巡山队当然得有枪——那是会对任何活物产生生命威胁的鬼东西。接着，我想到了苍茫无人烟的群山和偷吃草场的牛，还有最主要的，那些天南海北的盗猎者们……

短短的一句话，可以有这么多信息。很多貌似不相干的话语，一点点积累起来，到某个时间段就会起到超乎想象的作用。我生来便明白经验和知识同样重要，道听途说包含种种。

这正是我为什么在全然没有由内而外的转变之前，就喜欢往人前凑的原因。相较于同胞们交流的吃喝拉撒睡，显然人们言语的内容要丰富、宽广、有趣得多。我又恰好掌握这样的优势，当然想使其发挥出好的价值，这似乎是我的使命。就像一头公牛，使命就是好好配种一样。

我利用一切条件来获取人们的故事，并以自己独有的方式思考着、分析着、整理着。久而久之，我的学问自然提高了。我格外喜欢有学问的感觉，因为一头牛有学问是一件匪夷所思的事情，是荒诞和奇迹。在这件事情上，我是以牛作为第一原则的，始终都觉得一头有学问的牛比一个有学问的人厉害多了。

# 第七章

我们在六十九家的营地前面那片河谷滩地截住牛群。再往前,就是那十一具马骨,如同白墙横亘在河滩。既然雨水已经将我们浇了个浸透,也就不必要着急回去。我们来到骸骨前勒马驻足,又一次缅怀起来。这是一次轰动性的事件,一件悬而未决的谜案。这十一匹来自青海湖乡的马,自我放牧——更有可能是自我放逐——来到这里,留恋不去。据我所知,我们这边的人曾三四次驱赶过它们,但它们顽固地返回来了,直到在此中毒身亡。事件始末谁也说不上个头绪,很多人都觉得是人为投毒杀死马群的,但没有证据。马群集体阵亡几天后,它们的主人找来了,在被秃鹫吃剩的只有骨架的十一具遗体边走了一圈,不到半个小时便扬长而去,似乎很淡然地接受了这个现实。如此一来,我们更好奇它们的死因了,期望着有一天得到至关重要的线索。除非有一天这些骸骨也都消失了,否则这种诘问会一直持续下去。

我们任由骑着的马走向河边,伸着头喝河水。初夏的雨水寒意很足,我冻得身体僵硬,背心又开始疼起来。一想到未来两个月,我还要好些次这样被雨水浸泡,一想到哪怕随身带着雨衣、穿着雨衣,我也免不了要遭受背心疼痛的折磨,一想到即便我身体再不舒服也要干那么多事情,我就觉得景色再美好,这夏天对我也是一种痛苦,并且是我务必要去适应的一种罪孽。所有这些,都让我情绪不好,对任何事都提不起兴趣。

"你怎么了,你干吗要哭的样子?"昂沁夫诧异地睁圆了眼睛,但他马上就笑起来。"你怎么突然间就哭起来了?"

"你哪只眼睛看见我哭了?"

"你明明在流眼泪。"

"那是被风吹的,被冻的。"

"不是。你明明在哭。"

我丢下他独自赶牛,催着马回家去。我真是被冻坏了,没有控制住眼泪,但他不会相信的。今天晚上,或是明天,他们都会知道我哭了。然后宝音会更好奇地来问我为什么哭。我甚至觉得她会说,"你想你那个偶遇想哭了"。她说的偶遇就是去年夏天转场遇到的那个青年妇女,宝音已经不打算将她从嘴上拿开了。平均每过一段时间,她都要说出来挖苦挖苦我。有时候,她好像真的非常生气，在吃醋嫉妒；但有时候，她好像其实就是开个玩笑。我实在搞不清她什么意思。也许她是在随意调换自己的情绪，需要什么，她就用什么。我丝毫不怀疑她有这样的本领。如果说女人都有这样的本事，那么她便是其中的佼佼者。

但她不知道的是，去年我和那女人的关系就已经取得了突破性进展。那个女人主动告诉了我她的名字。去年秋天，小妖这个惹祸精再次逃跑了。这是它的第二次逃跑，它非常精明地躲开了我前面一天的追踪，让我以为它可能被狼吃了，或者被哪个地方的牧人藏起来了。我找了一圈，放弃了它返回。我无所谓，因为本来我就对它很反感，我觉得它不是个吉祥的东西。要不是宝音对它爱护有加，我早就弄死它了。

但在返回营地的途中，我和它迎面遭遇了。它不知道从哪里冒出来，正在牧道里呼哧呼哧跑，一副蠢样。它撞上我，更蠢了，居然想夺路而逃。我狠狠抽了它几十鞭子，抽得有技巧，宝音看不出来。

它老实后，我赶着它翻垭口，再次和那个女人邂逅。当时她牵着马，从她的房屋那里走过来。她马上的褡裢鼓鼓囊囊的，应该是来拿东西的，因为这个时节，大家都在夏季营地。好像是老天给我们机会。我们先是坐在她家草场的门口聊天，然后她说要让马吃一会儿草，我说我的马也需要吃一会儿草。我们将两匹马都拴在一条长长的绳子上。她邀请我去屋里凉快地坐一会儿。屋里确实够凉，或者不如说是阴森。我们很快受不了了，又回到太阳底下。我们没有具体聊什么事情，也没有深入某个话题，我们想到什么说什么。有时候也会因此陷入尴尬，但很快又有的聊了。

这回，她告诉了我她的名字。她说：

"你这个人，真是执着，非要知道不可。我叫格妮。"

"格妮，认识你很开心，我叫那仁。那仁，格妮。"

"嗯嗯，我们的名字挺押韵的。"

"何止押韵，是般配。"

格妮说：

"什么般配，滚。"

最后的半个小时，我们讨论了非常严肃的话题：政府出台的那些利民政策中，哪些是真正有用的，哪些又会给那些贪官污吏提供贪污的土壤。她认为所有她所经历的国家给牧民的项目中，有一些是很好的，比如羊舍项目、禁牧补贴项目、村村通项目，但也有很多纯粹就是瞎搞胡搞，浪费了巨额资金，比如那所谓的合作社，真是傻逼得无语。接着我们聊越来越多的牲畜疾病，越来越多的防疫，越来越多的药和疫苗需要吃、需要注射，人经历的那一套逐步完善到牲畜上了。格妮口吐芬芳，将乡政府的官员骂了个遍，从书记到什么什么部长无一幸免。她说这些小官面对老百姓时和蔼可亲、笑容满面，那叫一个好说话,但屁大的事情一年都只干一两件,真正的事情是不会碰的,他们怕多干多错,他们相信不干就不会错。他们只干两件事:开会和填表格。我说:"全中国现在只干这两件事:开纯粹的会、填纯粹的表格,不带有任何其他意义,纯粹到令人钦佩。"格妮说:"哈哈哈,对的对的,我们有共同的看法,可以继续做朋友。"

一直到分开,我都表现得彬彬有礼。

我回到家,感到一阵疲惫,脱去了湿乎乎、沉甸甸的衣服和裤子,赤溜溜钻进被窝,睡着了。

我被昂沁夫的声音叫醒。声音由远及近,一声一声,锲而不舍。我很吃力地睁开眼睛,毡包里还是没人,看了一眼碗柜上的方钟,是下午六点四十分。他们俩应该在拴奶牛和牛犊。我披着被子,从床头的行李箱里找干燥的衣服时,昂沁夫走进来。他没有换去那身湿衣服,但现在看上去好像已经干透了。他站在天窗下,朝炉子里瞅。

"你怎么睡上了,你是不是生病了?"他说。

"我的背心病。好像不下雨了。"我说。

"现在吹大风呢。我们去茶拉口吧。"他说。

"干什么?"我说。

"我们去买点东西。"他说完就离开,说去收羊群的后尾。我走出毡包,想去上个厕所。旭尔干迎面走来,他的裤子上粘着一片黄黄的牛屎,他毫不在意,仿佛没有看见。他走进自己的小尖顶帐篷,一阵响动之后,他手里握着一副马笼头出来了。他看着我,"马群在哪?"

"马群,我怎么知道?"我说。

"那你知道什么?"

我很想骂他两句,但还是忍住了。我这个叔叔,脾气越来越大了,对我也愈加看不顺眼。他总觉得我做事拖泥带水,不干不净,让他受不了。可是我从来也没觉得他干事有多么爽利。要不是有父亲严厉地管教着他,我估计他早就被酒精给毒死了,要果真如此,哪有现在他嘚瑟的机会。但这些话我不能说,否则他非得爆炸了不可。他迫于家庭压力强制戒酒以后,这三年来恢复得不错,人模人样的。有时候——而且还是我觉得他把自己改变得还不错的时候——我觉得他对我的态度好像我才是那个从死亡边缘被亲人拯救回来的人,他好像已经忘记了过去的悲惨经历,并且以一个一直以来都很"上进"的人自居。我反感的恰恰就是这点,我觉得他很不要脸。我立刻走开,到宝音跟前去。我要是再站在那里,准会和他吵起来,而后他便会给父亲打电话,说我不敬长辈,让他很伤心。接着,我会接到父亲的电话,承受十分钟到半个小时的训斥。我确定这种事一定会发生,所以我赶紧离开了。

但宝音也没有给我好脸色,一言不发地做自己的事。

"老婆。"我说。

"咋?"她停顿了片刻才发出一个字。

"我的药呢?"

"就在你头顶。"

"啥?"

"床头上。"她说。

"你就不能好好说话吗?"

"你那个红颜知己很好说话,你去找她吧。"

"我不想和你吵,但你也别故意来惹我。说得自己有多清白似的,那个被你迷得颠三倒四的叶西尖木措是什么,是畜生吗?"我说。

"你去问他啊!你跟我说算怎么回事?"她说。

"你去问她啊!跟我说算怎么回事?"我说。

我彻底将她惹恼了,她咬牙切齿得好像要杀了我。当她风风火火走出牛挡时,我怀着心满意足的心情去找昂沁夫,我们骑着他家的摩托车去了商店。茶默公路边的商店是"老字号"了,名字叫"三元商店"。刚开始,的确是一个蒙古包,既住人又开店。经营了几年,盖了房子,但名字却没有更换。蒙古包商店从很久以前就"扎根"在这里,经营的范围逐渐广泛,从最初简单的食品,到现在的服装、特产、电子产品、便捷的餐饮和杂七杂八的杂货,无所不包。我曾在这里买过一条手机链和马掌马钉、三条用来骑马的加厚牛仔裤。

开店的两口子,是重新组合的家庭,各带两个孩子。几个儿女都很棒,因此老两口常常高兴。只有小儿子海青脑部中风,不得已中途退学,在家疗养了近一年。有所好转之后，现在在店里帮忙。我和昂沁夫一进商店就看到海青敦实的身影在柜台后忙碌，他穿了一件宽松的蓝色运动衫，同样是蓝色的圆领运动内衣。头发极短，后脑勺有两块疤，左边的眉毛也少了一块。他胖了，眼睛没有以前大，脸很白。他光明正大地抽着烟，毫不避讳他父亲。他邀请我改天一同去登山，拍照。对此我怦然心动，但一想到他不稳定的身体状况——生怕出事而脱不了干系——便委婉拒绝了。他无所谓地摇摇头，取了一条"花好"烟放在柜台上。

"我主要是为了找一个人和我一起照相，我跟你说是因为我觉得老兄你人不错。"他说。

"实在不好意思，我还有事情要忙。我很想去照几张相片，但我要忙的事情太多了。"我说。

他在一个塑料袋里装了半袋苹果和梨，称重了跟烟放在一起，又说："我打算去年钦夏格日山上，听说主峰后面的景色不错。我有一部'索尼'相机。你喝啤酒吗？我请客。"

"那就来一瓶。"

他对昂沁夫说：

"老兄，别挑了，每包盐都一样，不会有老鼠屎在里面，过来喝啤酒，老兄。"

他递给昂沁夫一瓶啤酒，瓶盖已打开，我们碰饮，聊着新闻。海青说话很是老气横秋，他想要达到一种言语上的绘声绘色，让内容更加具有真实性和绝对性，却因为各方面的条件都不够，使得他的叙述很无聊，比幼稚更可怕，但他自己毫无察觉，沾沾自喜地说个不停。不知道他在刻意学谁，但肯定不是他老子。

回去的速度要快得多，摩托车灵活得像一头小鹿在奔跑。一洼洼泥水在轮子的暴力下向两旁飞溅出去，粘到草叶上。一路上鼠兔在前面跑来跑去。不知道为什么，它们很愿意傻傻地撞到轮子底下来，然后被碾成一片碎肉。那肉粉嫩纤细，像水一样软弱多变。昂沁夫一路上弄死了至少十几只。走完一半路程，过了一条小溪后他停下来。"咱们去一趟阿尼博让吧。"他说。

"干吗去？"

"那里有一整群羊羔要卖，我去看看。"

"好啊。"我说。

这次出去，我没有告诉宝音和旭尔干。家中别的事情我不担心——因为有旭尔干在——但就怕小妖故技重演。旭尔干是走不开的，就算去找也就是在附近。小妖要是在附近等着我们找到那就不是小妖了。小妖的翅膀硬了，它早已学会声东击西，把自己的行踪搞得飘忽不定，铁了心和我们玩捉迷藏。它越打越皮实了。

我想卖了它，却舍不得。

"你干吗没事找事？"昂沁夫用颇为鄙视的语气说，"难道世界上除此之外就没有牛啦？难道就没有超级棒的牛啦？"

"你不懂，你不知道小妖到底有多么妖。它几乎就已经不是牛，是更高一级的存在。那些凡俗之牛怎能和它相提并论，简直在侮辱它！"

"更高一级？"他撇着嘴提醒，"那不就是人吗？"

"没错，差不多。"我说。

"你真够抬举它的。你怎么不说是你亲兄弟。"

"差不多。"我说，"有时候我还真这么想，哪怕仅是一瞬间。"

"你刚不是放狠话要宰了或者阉了它吗？"

"我气不过，说一说出口气不行吗？我哪敢来真的。你以为小妖是什么？它来到我家一定是有我无法弄懂的原因。也许它就是来兴旺我家的。"

"那它还跑。"

"哪头公牛不跑？"

"倒也是，它爸爸是谁？"

"就是那头麻嘴大犄角公牛。"

"有一些印象，是一头优质公牛。"

我们花了一个小时也没到阿尼博让大年志海家的营地。一场突如其来的大雨使河水暴涨，阻断了我们的去路。我们在大骆驼家的小商店里买了一瓶"互助头曲"，和大骆驼一起分着喝了。他的活动帐篷小商店有二十平方米大。他将其从中隔开，一边住人，一边摆了货和一张单人钢丝床。货物是各种各样的饮料，各种各样的方便面，此外有啤酒、小缸的散酒、少量的几种瓶装酒和各种果脯，这些都分装在几个大纸箱子里，摆在一张松木床板上。鸡腿、鸭脖、凤爪等小吃也满满一大纸箱子。我用三块钱买了一瓶"柠檬水"尝了尝鲜，结果很失望，味道像抹布水一样难喝。给我取饮料的是大骆驼的女儿，想不到都那么大了，和大骆驼一样是个高个子，小小年纪就快赶上我了。她拿着饮料向我走来的时候，仿佛是从婴儿一眨眼就走到了少女。我问她多大了，她说十四岁。我又掏了三块钱请她喝了一瓶冰激凌饮料，接着我买了一瓶头曲酒。刚才那瓶是昂沁夫买的。我和昂沁夫离开大骆驼的小店，来到河边。我们轮流握着酒瓶子，一口一口地喝着，醉意一点一点地涌上头脑。我们打算等河水小一点之后就过去。

薄暮时分，河水似乎小了，变成了浑浊的淡黄色，浪花也细碎了。昂沁夫没完没了地跟我吹嘘他是如何在祁连的一个台球室一个晚上赢了三千块钱。他说他打斯诺克的技术和绰号"小戴维斯"的那个家伙差不多，在手感特别好的一天，几乎可以一直赢下去。他幸灾乐祸地感叹"小戴维斯"已经不复当年之勇，球技更是毫无进步，现在已有算他在内的四个人威胁到了他"海北第一杆"的地位，他最有希望取而代之。我晕乎乎地听着，两眼发直，脸颊发麻，双腿发软。我斜靠在一丛盛开着十几朵金黄的小花朵的金露梅上，迷迷糊糊地睡着了。我一睡着昂沁夫就用胳膊肘捅我，他用余光打量我睁开眼了，他便继续讲，却怎么也讲不完。我打断不了他，只能听着他唠唠叨叨。听着听着，我又犯迷糊，可不用一分钟，他又把我捅醒……

其实我更想听他说说他和他的情人白玛的故事，但他不说，笑而不语。

一直到暮霭四合，环绕的山峦只留下一线极其模糊的淡影，河水转变成阴沉的黑色，什么都看不清楚了，我俩还没过河。昂沁夫突然不再说了，默默地凝视着湖面，思绪不知飘到了何处。过了好一会儿，他突然一颤，仿佛从某种可怕的幻境中挣脱出来，他狐疑地觑我一眼。

"你知道后来怎么样了吗？"他坐直身子，轻声说道，"我去的时候心里有数，至少，我知道她心里的一点点想法，我和她谈生意的时候，她是个什么样的人我有点判断，所以我并不是胡来，更没有莽撞。她看见我惊叫了一声，之后便笑起来。那时候你知道她身上穿着什么吗？什么也没穿，她在洗头，她上身是赤裸的，两个乳房又圆又大又白，而且奶头居然是粉红色的，特别可爱。她一点也没有害羞，她在手掌中舀了一点水向我泼过来，嘴里笑骂说，看够了没有。然后她欲拒还迎地将双手遮在胸口，朝内屋走去。接下来，你肯定已经猜到了那事特别自然地发生了，我感觉，她饱受折磨，等我等得已经快要发疯了，我更没有想到她是那么积极，最开始我有些被吓住了，但随后我便很高兴,可以说是特别兴奋。我永远难以忘怀那一夜,我一辈子再也不可能遇到那样的夜晚和那样的女人了……"

我说:

"为什么不能了?你是不打算继续交往了?"

昂沁夫说:

"嗨,不说了,已经事不可为了,我得罪她了,就当一夜露水情缘吧。"

我想起格妮,我很想再见到她,想我们是不是可以更进一步。她告诉我,她的夏季营地在察拉龙洼,我去过那里的一些地方,但从来没见过她。我突然想起来,昂沁夫的白玛也是那里的人。我想了想,还是没忍住,说:

"你的白玛具体在哪个地方呢?我在那里也有一个朋友。"

昂沁夫说:

"朋友?是女朋友?"

"对。她也在察拉龙洼,白玛在哪里?"

"我搞不清楚,那里那么大,谁知道在哪儿。你的女朋友叫什么呀?"

"她叫格妮。"

"你可以啊,隐瞒得这么深,什么时候的事?"

"你想多了,我们是普通朋友,什么事情都没有。"我嘴上这样说,但心理莫名失落,觉得可能再也够不到格妮了。我又想，怎么她不知不觉地这么影响到我了呢？我肯定早就幻想过和她做爱，昂沁夫说白玛的时候，我心里浮现的就是格妮一丝不挂的样子，她匀称而结实的身体，饱满挺立而圆润的乳房，她旺盛的阴毛像花开一样向外伸展，还有她的臀部，几乎是一个女人最恰到好处的肥硕……我在用一种崇拜的心态看待格妮的身体。后来我也喜欢和她说话，聊天的快活丝毫不亚于和她做爱（尽管没有这个福气，但我知道那会很快活），那天在她家门口，我们恋恋不舍，但谁也没有约下次见面，我们留给了缘分来安排。

半夜里，我们过了河，找到了一条有摩托车车轮痕迹的小道，漫无目的地前进，糊里糊涂地进入一家开在路边的移动商店，和一群陌生的人喝酒，还打了架。说打架实在是抬举了，那简直是丑态百出。

我们足足喝了三天，醒来时极度惊诧于怎么会在这里，这是哪里？脚下的地方，已经远远脱离了我们寻常的活动范围。昂沁夫看羊羔的计划早已泡汤。他在我清醒的时候睡过去，无法唤醒，等他醒来时我却又醉了。我对他说的所有建议都反对，我要求他继续豪饮，继续醉生梦死……

是撕心裂肺的疼痛制止住了这次越来越危险的狂欢。大部分人都离去了，除了一个青年男子被他妻子接走，其他人我都没什么印象。刚开始喝酒的那会儿，有一阵子人特别多，一转眼大多都不见了。残留原地的个个溃不成军，形如枯槁。我们是该回家了。昂沁夫的双手颤抖得不听使唤，我们从来没有如此疯狂过，觉得不可思议，是出于什么样的一种心理完全不得而知。我只记得在河岸碰酒瓶时，产生了细微的一连串的蠢蠢欲动，它最终演变成了一场浩大的疯狂，圆满了心底最深层次的野蛮，消化了重重堆积的欲望。

我们回到家，刚从车上下来，梅姨便跑出毡包，提着铁火钳劈头盖脸地打向昂沁夫。我朝自家的毡包走去，宝音在家里，她站在炉子旁，炉子里突兀地冒出一大股浓烟把她吞没，她的一张脸时而隐现，死死地盯着我的目光含着泪水。我没有力气说一句话便倒在床上，几天积压的困意一股股涌上来，我几乎马上就睡着了。在我闭眼之前，那最后一瞥中，看见宝音嗫嗫地站在门口，挡住了斜射进来的阳光。

# 第八章

因为结实、高大、品种好，又有漂亮的外表，所以在我到了三四岁，可以拿出来换点钱的时候，我被留下来，当种牛使用。而与我一起长大的同伴，大多数都被一辆红色的货车拉走了。我弟弟也未能幸免。他知道自己难逃一死，放弃了挣扎，那样子仿佛一瞬间抽去了灵魂。母亲伤心欲绝，她又要失去一个孩子了。自从弟弟出生以后，她再也未能好好地生出一个孩子，她也已经走到穷途末路了。我安慰着母亲，心情郁闷地看着。

所有的同伴凭着对危险天生的敏锐感知而激烈地反抗，可是没用，那帮混蛋为了杀鸡儆猴，把一个闹得最凶的同伴的两条前腿都打折了，然后用绳子粗鲁地把他拖进了车厢里。他们看起来常干这种事情，早已轻车熟路。我的其他同伴都丧失了反抗的勇气，他们像绵羊一样老实。他们坐着货车走了。我庆幸自己长了一副好身板。

我的弟弟及同伴们被拉走是临近冬天的时节,正是攒够了膘身肥体壮的时候。这一年那仁为了省钱,没有租草场。他把自己的秋草场让羊群吃,把我们都扔在了夏营地的山里,每过个三四天出现一次,清点我们。然后收拢我们,把我们赶进大霄兴山深处,然后又走了。

到了冬天,他就不怎么来了。

我和一百多头牛生活在深山里,隔个十天半月出来,在山口那儿转一圈,返回。最冷的那几天,那仁和旭尔干联袂而来,不过这次他们傻了眼,气得半响没说一句话。我当然知道这是怎么回事,我亲眼看到了比我小一两岁的六个小家伙和那头正值壮年的笨蛋,他们是怎样在粗心大意的情况下被有组织、有纪律的大小五只狼以一天一个或者两个的速度消灭掉了的。我和其他同胞看着神态各异的三只狼在我们面前咀嚼着同伴,就如同在咀嚼我们自己。我们多次都试图阻止这几个恶魔,但是没用,一旦我们冲过去,它们马上就远远地跑开,蹲在几十米以外耐心等待,我们不可能永远都守着那些已经惨不忍睹的尸体,我们也要吃饭、喝水、休息。当我们一走开,它们就得逞了,它们摇摇晃晃、得意扬扬地回来,将肉和骨头咬得吱吱地响。

我想起来,我第一次遇到这种事情时还不到一岁,那次我差一点就命丧狼口。当时我吓傻了,站着一动也不动,眼里全是恐惧。我悲哀自己总是切身感受到死亡的胁迫,我也深刻地接受了这种教育,也许我能活到现在就有那次潜在的影响。那次与我当面的两只大狼拖曳着腥臭的舌头，莹绿的眼睛冒着水汽。是我的母亲，她用那公牛一样的勇气再次救下了我。

这个世上，我有两个母亲，一个比一个伟大。

那仁和旭尔干的心情我能适当地理解，也习以为常。因为在之前两年多的时间里，他们的这种状态我屡见不鲜，唯一和以往不同的是，这次的灾难似乎有些沉重了，快要赶上去年全年损失的总和了。难怪他俩一副根本不愿意相信的表情，并且一站就是老半天。他俩来的时候是上午，到中午他俩就吵了起来。

"我早就说了这样做不行，你看看，看看吧。"旭尔干把唾沫溅到那仁脸上，似乎只有这样才能缓解他的怒火。"你看看，现在好了吧？你满意了吧？几千块钱舍不得的结果出现了吧？你看见了吧？"

"你这是什么意思？今年什么情况我们都清楚，那是迫不得已，你别给我放马后炮，这事谁都有责任，你没资格指责我。"

旭尔干手指头指着那仁的眼睛说：

"你给我听好了，这事儿你负全部责任。我不管了，你自己去和你阿爸说去吧。"

"我早就知道会这样，你永远都不会勇敢面对事实。"

"我用不着你来教育，管好自己吧。"

……

他们渐渐变得不能控制，他们打起来了。旭尔干揪住那仁的头发，在他屁股上用皮靴的硬尖戳了几下，那仁惨叫起来。他用力一挣，在旭尔干手里留下一撮头发。马上有血从头顶流下来，流到他的脸上、脖子里。那仁发出一声号叫，冲向旭尔干，将他一头顶倒在地。那仁接着号叫。我看见他掐住了旭尔干的脖子，旭尔干摇摆着两条长腿，用膝盖把那仁顶过头去。那仁趴在地上，他刚要起来，旭尔干骑到他的身上，大拳专门往最疼的地方招呼。但没过多久，那仁翻身了，他在旭尔干的肚子上踹了一脚，旭尔干滚了几个跟头，伏在地上不再动弹……事情乱套了。

那天下午，我们围成一圈，参观那仁和旭尔干的殴斗。他俩东倒西歪地躺在地上，他们的衣服全都撕烂了。我的同胞们摇头晃脑，哼哼唧唧地各自传递着信息，他们觉察到了此次事件的不同寻常。而我也认为这次事件可能会对我们产生一系列的影响。果不其然，他俩那晚没回去。旭尔干拾来了几捆干柴和一小堆牛粪，那仁登上半山腰去惊动了三群雪鸡，回来时提着血淋淋的两只雪鸡，个头有我的蹄子那么大。他们默默无语，生起火堆烤雪鸡吃。

我们想要散开去山野觅食，也被他俩收拢起来，赶到火堆的一边。

夜幕垂临，空气冷飕飕的。满天星斗灿若琼花，叫我头晕目眩。我们都意识到这是待在这里的最后一个夜晚。出了这档子事，他们再也没胆量把我们继续扔下。至于秋草场够不够我们吃,那不是我们的问题,总不会把我们饿死的。

那仁的脸上肿了几块,和旭尔干差不多,但他的头上血迹斑斑,有一块地方除了血块再没有别的。那一块地方的黑头发已经散开来插在草地中了。旭尔干头上倒完好无损,可是一双手都肿了起来,比平时大了一圈,让他做什么都不方便,会常常碰到。他常常猛咋咋地抽搐脸,没完没了。

叔侄俩各自躺在火堆两旁,有时旭尔干朝火堆扔几块牛粪或干柴,有时是那仁这么干。他们铺着马垫子,枕着马鞍,身上裹着硬而厚的红毛毡,谁也不瞧谁。旭尔干凝神瞪着漆黑的夜色,仿佛立马会跳起来消失在其中。那仁拿他那典型的死鱼眼瞪着我们,指不定在盘算着如何整治我们呢。火堆里的牛粪或干柴噼里啪啦地爆燃,火苗直挺挺地往上蹿,幻化出至少五种颜色,绚丽夺目。我看得心醉神迷,往前迈出了两步。我对世间的各种颜色很是痴迷,觉得它们代表了大地上最本质的样子,远比看起来的还要真实。

我已经有好几个月没有看到过火光了。

我又朝火堆多走了几步,火苗几乎就要烧到我的胸毛,我感到喜悦。但就这当口,冷不防一根带火的木棍飞过来,粘在了我肩上,迅速让我的毛发冒出烟来,接着蹿起了火头。一股焦煳的味道顿时弥漫来开,我疼得嗷嗷叫。我胡乱地甩动了几下，木头掉在地上，一头还在冒着烟，黑漆漆的如同马的生殖器。毫无疑问，棍子就是那仁打过来的，因为这会儿他正乐滋滋地挠着脖子，一脸下贱地坏笑。我曾经不止一次想过，有朝一日，我要让他受尽折磨和痛苦，要让他为自己犯下的罪恶忏悔，跪着请求我的原谅。等我有了足够的自信和实力，还有自我保护措施，我就付诸行动。但今天，当那根木棍仿佛厄运一样降临到我的肩上，我再也忍不住了。新仇旧恨雪片一样纷至沓来，我把他看成了一匹狼，我冲向他，用犄角将他挑在草地上滚动如轮。

我从他的身上踏过去，宛如踩在一团棉花上。然后我又突发奇想，用后蹄子踢了他几脚，他的身体极具弹性和韧性，这和我所想的不同，因为看他俩打架的模样，我以为要弄出一点血来是很轻松的一件事。

旭尔干握着腰刀，大叫着冲过来了，差点在我屁股上捅上一刀。

我跑进牛群，混入其中。同胞们一个个都对我投来佩服的目光，但更多的是期待和忐忑，甚至是傻乐。旭尔干"哎呵、哎呵"地怪叫着，蹲在那仁跟前，双手像蛇一样在那仁的身上忽上忽下地检查。那仁弓着身子，不动弹。

我看得惶惶然，思谋着是否要逃之夭夭。倒不是因为那仁，而是旭尔干间歇性地发出一种毛骨悚然的声音使我瘆得慌，而那仁只是起到了推波助澜的作用。

而这一夜，也是我真正和牛群格格不入的一夜。他们起先是不停地围着我转，我以为是表示对我的敬佩，但当一头大家伙对我嗤之以鼻时，我才发现原来所有的目光都充斥着匪夷所思的警惕，以及惊恐于不忠的震撼。原来自冲向那仁，将他撩翻在地的那一刻起，我和他们已经岔开路了。我被委婉地驱逐出这个群体，他们害怕我给他们带来灾祸，或是因为我的所作所为已然超出他们的理解范畴。于是，这荒谬的一幕出现了。我突然真正地意识到，这是一片蒙昧之地，是非之地，参差不齐的牛群正是这里最原始的愚蠢。我煞费苦心所要表达的，正是他们最鄙弃的。我想明白了，对我的同胞再也不抱希望。我决定离开，还原我无常的本质。我那年迈而又死不了的母亲看破我的心思，她试图劝阻我但失败了。她情绪低落，默默落泪，她又一次说起自己的死期。

"就在眼前了。你弟弟在一片血红的震动中离去……我又怎能放心你？"

她颤巍巍走路时倒看不出什么，可一跑起来就叫我心碎。我不能带着她，又不放心她。但我还是要狠心地抛下她。

晨曦初现之际，群山轮廓渐现，干冷的空气卷动了寂静。我离开了。乘着世间最安静的时刻，我独自出了山谷，沿着一道山梁朝西飘然而去。我打算先到小牛头垭豁，然后去德给龙洼转转。那里我多次听说，是一处风景宜人的地方，正好适合我并不平静的心。

我途经的第一个人家是座冬牛场的，住在进热力木的第一个山口处，这里地势平坦，冬天降的雪普遍比山里少，正适合牛群冬天生活。最棒的是冰封的大河对面，那连绵不绝的原始植被林，虽然出于保护的目的，从几年前就用铁丝网严严实实地圈了起来，但对于铁了心地要占公家便宜的人来说，再紧密的铁丝网也难不倒他们。我看到这家的牛整群都进入了植被林，在沿着大河一溜儿的山脚下和那些没过多密实的植被的山坳里散开。那里的草长得又高又多汁。我很想进去见识一下这个牛群的不同凡响，不过马上我看见一个男人已经开始收拢牛群正要往外赶了。这家伙还是在担心的。我听旭尔干有一次说过，现在对草原环境的保护越来越重视，有人在不定期地巡视草原上的保护区。破坏保护区的人要接受处罚，严重的会坐牢。

那个男人嗷嗷地对我喊，似乎是想让我留下来。我远远躲开，有些懊恼被人发现了，这将会是那仁来找我的一个重要线索。

临近中午，我来到小牛头垭豁，这里的雪有几尺厚，除了最上面的一尺是松软的以外，下面的全部都坚如磐石。这里风大得叫我不敢相信，似乎只要我稍不留神就会被风刮走。从西面的山坡上刮来的石头像小矮人一样密密麻麻地被插在雪中，有的保持着原貌，有的却被雪团裹得严严实实。我看见一头去年死去的牛的尸体，它的血肉无影无踪，骨头散了架，几条粗粗的肋骨像矛一样刺向长空，大风打那上面经过，摩擦出吱吱的怪响。置放着一只羊大小的牛头的这个小牛头敖包是这一带的标志。人们经常会提起它，仿佛它有一种魔力，能够让人无法忽视它，并要常常提及它。旭尔干说，尊敬小牛头敖包的人都有一生的好运。假如那个人有一天倒了霉，那他一准儿开始亵渎敖包了。我以前嗤之以鼻，但现在觉得真该如此，我不由自主地跪在敖包前，祈祷我能有一生的好运。

我，算得上是一头不错的公牛，对着一个牛头磕头这事儿叫人看见了肯定会大吃一惊，说不定会吓出病来。但我没管有没有人会看见我，我只是做了我想做的事。我磕了三个头。磕第一个的时候不得要领，犄角先着地，砸起一片雪花来，我并不满意，重新来。这次我控制着头慢慢来，总算好多了。我的额头上那块比雪还要白的额毛紧贴在地面的雪上。我连磕了三个头。风雪更加强劲了。我并没有马上起来，而是仔细观察打量着敖包，我发现它没什么特别，就是大大小小的石头垒起一座大大的石堆，在最高处放了那个牛头。牛头年代已久，有一种惨惨的白光。犄角裂开几十道口子，右边的根部还缺了一大半，可能是因为失去了平衡，牛头往完好的那边倾斜。我顺着那个角度一歪头，正好看见右眼眶里的一个旧鸟窝。那是去年留下来的，被深深地安置在最里面，到现在还完好无损。这个鸟窝里一定诞生过不少于两只的小鸟，它们可能从对于它们来说酷似于天窗的眼眶里正式打量世界，就像我刚生下来时的心情一样。我觉得敖包牛头和鸟窝真合适放在一起，因为敖包就应该是孕育生命的地方。

我意犹未尽地站起来，朝四处张望了片刻，又回味了一下自己的所思所得，然后才离开。我朝山下走了一千米还没到山下，一群石羊打我鼻子跟前跳跃过去。它们一点儿也不怕我，好像我根本不存在。我目送它们跳进一片乱石堆里。

我发现了一处低洼，奇怪的是没有被雪覆盖，那里的草不高但极为厚实紧密。重要的是似乎没怎么被吃过。我已饿了半个晚上，于是就高兴地吃起来。我吃着吃着，不知道过了多久，反正我差不多吃得饱饱的了。但就在这个时候，我冷不防抬起头来，看见一个人居然悄无声息地站在我的眼前，这和我出生那一幕多么相似。我发出了一声受惊吓后的叫声。然后重重地挨了一颗石子。那石子正中我的鼻梁，划开了一道几厘米的口子。我感到鲜血像春天的融雪一样慢慢地浸出来，顺着我宽阔的鼻梁往下淌，接着钻进我的嘴里来。眼瞅着那仁又举起了手，我转身便跑。我一边跑一边想，他怎么会这么快到来？难道我的攻击就那么没用吗？他为什么一点事都没有？他脸上头上都缠着绷带，但却依然生龙活虎，打我的力气一点没有减少，好像我的攻击没有对他造成任何伤害。这使我百思不得其解。

我本来打算继续朝着原定的目的地——德给龙洼跑，

但那仁很快便追上了我。我是跑不过马的。我不停地吃石子，最可怕的是他用打狗铁打我，那铁条拴着细绳，另一头就在那仁手腕上。他每挥动起来一次，我身上必定皮开肉绽。我无处可逃。那仁对我恨之入骨，他可能非常愿意把我打死在撵回去的路上。事实上他就是那么做的，我差点死在回去的路上。我再次直面那仁的凶残和狡诈，以至于我产生了"他是无敌的"这样的念头。他用两个小时就把我撵到了大河湾一带，旭尔干和整个牛群都在那里等着我们，或者说在等着他。我浑身伤痕累累，血流如注，每一块肌肉都在遵循着一条传统的道路跳动不已。我知道我不能倒下，我必须紧紧地跟着牛群，跟着妈妈。要不然世上就再也不会有我这么一头牛。我不想这样窝囊地死去。

母亲一步不离地护在我身后，不让怒叫的石子砸到我身上，为此她挨得不比我少。我想到她后面去挡住石子，不想她受这磨难，但她不答应。她笨拙而坚定，一双憔悴的眼睛留意着后面的情况。弟弟走后，她颤颤巍巍地把全部的爱都放到我的身上了，我感受到这份无私的爱的沉重，如铠甲般包裹着我。我回到了牛群里，混在当中宛如浪涌般前行。直到这时我才发现，这条路是我从来都没走过的——它既不是回秋牧场的路，也不是去那卡诺登任何一个地方的路。这条路是脱离于我所熟悉的环境的，也就是说，前面的风景是我从来都没有领略过的。

远方低矮起伏得像馒头一样排列的山峦，在冬日的艳阳下腾起烟雾，迷迷糊糊。我们一直走到快要天黑才到达地点。这是一片比较平坦的地方，被铁丝网分隔成十几块大小不一的草场。我们被赶到一个靠近山脚的草场里。草场里面的草刚刚好从雪地里冒出半截，我们不用拿蹄子刨雪找草了。这就足够好了。要知道在过去的两个月里，我们在大窨兴只重复一套动作：抬蹄—刨地—拱嘴—吃草。

我烦透了那套动作，现在终于不用再做了。我在草场里转了一圈，了解了地形。我在隔壁的草场里看见十几头牝牛和她们的牛犊，还有一群羊在与我隔着几道网栏的一片面积不大但草势格外茂密的草场里。我一眼就看出那片草场是打青草一冒头就没被吃过的，相信羊群进去的时间也不会太长，因为我闻到了那些草籽儿的香味，它们还挂在草头上摇摇欲坠。现在全便宜那些羊了，他们一定美得不亦乐乎。

不知不觉间，我竟然走了这么远的路。到了这里还没有倒下，我为自己的坚强感到欣慰。为了尽快恢复身体我迫不及待地进食，狼吞虎咽。那些伤口仿佛达成共识，统一对我发起进攻，各种各样的痛苦像潮水一般袭来，一波接着一波不停地冲锋。我走到一边去，尽量离开母亲，我不想让她看着我痛苦。

我找了一块凹地，艰难地躺下，闭上眼睛。我浑身抖个不停，累得要命，想忘记这一切，好好睡一觉。

## 第九章

当然，毫无意外的，又有几头牛离群而去，不知所终。每年在这片广袤的山区里，这样的事情总会发生。发生在每一户牧民头上，谁都免不了要去寻找，区别仅在于是多少次。

最近，小妖出走得愈加频繁，一去多日不见踪迹。它依然不把我放在眼里。半年多前，那个晚上，我差点死在它手里，若不是我有躲避危险的经验而它没有杀人的经验，我可能就挂了。即便如此，我身体上也遭受到重创，几乎养了一个月才恢复。我当时的愤怒让我没有察觉到身体的疼痛，我检查了腰部的伤势，被踩烂了一大片，后背我看不到，旭尔干说和腰上的差不多。他帮忙将这些伤口用酒精简单清理了一些，包上纱布。万幸褡裢里常年装着这些东西，这些是一个常年在外行走的牧人必须带着救命的东西。

我看见小妖回归到牛群里,像往常一样自在。我气昏了头,旭尔干欺负我也就罢了,一头牛也踩到我头上来了,强忍着要杀了它的冲动,我想了十几种整治它的办法,只等回去后实施。但是没等天亮,它逃跑了。

它以为逃得很高明,实则错误百出,不到半天我就追上了它。我用石头和打狗铁锥子将它打得遍体鳞伤,十几个伤口中深的地方血汩汩往外冒。它倒是顽强,居然没有倒下。

后来,它又逃跑了几次,跑得越来越狡猾。它似乎已经和我讹上了,而且我强烈地感觉到它对我的杀意,那是一种实实在在的杀意,我几乎可以肯定,一旦被它找到机会,它就会杀了我。所以我面对它的时候十分警惕,心里异常憋屈。我被一头牛威胁到担惊受怕的地步实在可笑,但是直觉告诉我,只要我稍不留神,我便会死在它手里。

最近我病了一个星期,天天躺在床上,浑身无力。只要在阳光下站一会儿,便头晕目眩,这是我连日酗酒的后遗症。宝音会照顾我,但对我没有好脸色,不说话,不发火,平静漠然得像个陌生人。我努力讨好她,但效果甚微,当我发现她神情中的一丝鄙夷后,我便放弃了。

等身体恢复差不多了,我跟着羊群放牧了三天,然后小妖和六头牛便失踪了。

旭尔干将整个牛群收回到营地,我们各自数了三遍,徒劳地确定了事实。我们检查出失踪的六头牛里面有一头是三岁的灰嘴巴种牛，一头是白尾巴大母牛，还有一头是秃头母牛。其他的任凭怎么想也想不出来是什么样子的牛，但已经够了，只要有一两头是知道的，那么在寻找的时候，就可以说清楚："六头牛，其中有一头是白尾巴……"所以，又要去寻找这些褐色的畜生了。在行动分配上，旭尔干一边放牧、照顾家里，一边在附近范围内找找。他有痔疮，不能长久骑马。所以出去寻找的主力还是我。我可能需要出门十几天，运气好三五天，总之我又要去受罪了。我记得去年，我很幸运的只去了两回，一回是四天，一回连一天也没到便找到了。但今年这次我有预感，将是一次艰难而长期的磨难。而且，实事求是地说，我的马估计顶不住长时间的跋涉。我最乐观的估算，连续五天以后，它可能就要累倒了。所以我先得找到马群，换一匹更结实、更适合这样的远足的有经验的马。我有这样的一匹马。

我们把小妖刨除在寻找之外是因为它绝对不会和这六头牛在一起。寻找它已经是另外一回事了。先找到六头牛，再去找它。这次我有预感，它跑远了，弄不好我会失去它。图谋一头好牛的人和想染指一个漂亮女人的人一样多。在这一个草原接着一个草原的高原上，我没有信心保证它的永久性归属权。倘若它落在一个豁出去性命也要把它据为己有的牧人手里，我又有多大的把握要回来？

有了这个担忧后，我一次次寻找，像放牧一样被习惯性培养了。因为我已经生不起愤怒了，生不起任何情绪。我被它折磨得麻木了。

我不担心找不到那六头牛，它们一定在周边某个地方，不会走远。我只担心小妖。所以我做了细致的研究：小妖可能逃走的几个方向、几次前科的记录、最近它光顾过的牛群，以及逃离第一天被人发现的地点——当然最后一条得在寻找的过程中问过目击者才能得知——干这种事我已经相当熟练，并且重视经验在其中的作用。首先，我怀疑它不会翻越德给岗到果日阿仁嵩去，上次它就在那边遭受过一次惨痛的折磨，几乎用了一个月时间才恢复。按照常理来推断（这也只适用于小妖），若无实在之必要，今生今世它都不会再去那里了；它同样也不会往南，那里的秋牧场和冬牧场正是长脚蚊子的天堂。作为一头拥有非凡智慧的生物，我相信它即便是糊涂也不会犯此类错误。况且它那么聪明。那么，只剩下西北了。一个空洞的概念，一个无比辽阔的地域。要在这片土地上寻找一头刻意躲藏的黑家伙，无异于大海捞针。往往这种时候，丰富的经验、聪慧和运气就显得格外重要了。有个别大师般的人物，可从留下的粪便的色泽和气味中找到线索，跟破案专家一样厉害。我是万万不敢奢望有那般本事的，那除了天赋，还需要时间和次数的叠加。相比于此，我更倾向怎样减少这种既无聊又烦躁的征途，甚至直接让其消失，直接成为历史。早在两年前，我便把研究的方向重点放在了这方面，但到今天也没有突破性的进展。唯一可以肯定的是，放弃养牛，所有的问题都不是问题了。

我怕的是这个过程。没错，面对广袤的未知，我感到发怵，感到心悸。那遥不可及的群山使我感到浑身无力，顽强的疲惫阻挠了我前进的步伐。越是近前去，山脉那磅礴的压力能瞬间将我摧垮。有时候我实在不行，便停下来，耐心地等待着山涧峰顶那陌生的牛群，在傍晚的时候，它们会慢悠悠地下山来喝水。或者到了牧归的时间，牛群主人将它们驱赶下来。不过，为了更加方便，去年夏末，我花大价钱重新购置了一架高倍数的望远镜，某种程度上可以顶十个我，的确做到了省心又省力。

一旦踏上征程，必须不断分析、询问、猜测。每前进一千米说不定就会有新发现。这是一个费脑子的技术活。我翻过营地前面低矮的垭口即刻调转马头。出山口就没有必要去了，旭尔干会去的。他走过的地方我放心。他依然会遵循自己固认为有效的那一套方法：翻垭口，出山口，然后一条河谷一条山谷无一遗漏地走，不放过任何犄角旮旯。他的观点是，当下的细致是杜绝后面的重复。这个概念是早年形成的，当时他找的几头牛如同世间蒸发，他足足奔波了二十多天，足迹踏遍大半个托勒草原和邻近的藏区的夏营地——也就是祁连山南麓的所有高山草甸——还有青海湖西北岸的一小片地方。他最后打算放弃，牵着早已不堪重负的马儿打道回府之际，意外地在洪呼力河上游一条深深的、小小的峡谷地带碰到了丢失的牛。从此他痛改前非，调整了方法和心态，形成了在我看来有些过于迂腐死板的"妙招"。

他既然一定会将附近的地方毫无遗漏地犁一遍，我便没有理由在这里浪费时间了。所以我到了垭口这边的小兴山谷，转而朝北，沿着谷底进山，计划抵达小兴河谷的尽头之后，从小兴峰右侧盘绕过去，而后在热力木深处的大搅石滩找一找。第一步计划大概如此，这要视情况而定，也许我走不到预计地点，在半道上得到一些有用的线索而转变行程也说不定。我不会做一些不合时宜的计划——放在以前我会这么做——计划赶不上变化快，碰到一些个特殊的充满异样气氛的日子——那种意外不断的日子——哪怕再怎么小心又有经验，也会被搞得灰头土脸。所以我相信皇历上的说法，遇到必须出门的关键时候，我会研究一下皇历，瞧瞧是否不利，如果皇历上写"忌出行"，我会拖延一天。我知道这不是迷信，仅仅是情绪上的一种安慰（这样说最合适）。然而，宝音和旭尔干并不这么想。我这样的方法表现出来一副懦弱的样子，让他们不喜。宝音心里有失望，旭尔干在鄙视。可我还是要这样做，因为到最后，产生的后果都是我来承担的，我不能因为他们的想法就让自己受罪。我大概走了一个小时，走完了这条山谷的三分之一。我骑在马上，好一阵子都没有变换过姿势，我想起那天喝酒回来后的晚上宝音对我的态度，她是什么表情？我没看错的话，她好像在恼怒我回来了，而不是我几天没回家，她是巴不得我不回家吗？我一直没好好想这件事，我觉得她是生气、伤心极了才故意这样表现的，但现在，我觉得并不是，她是真的讨厌看到我。

我骑的马是一匹很老实很普通的黑马，能力也规规矩矩，没多大本事。但它胜在老实，和"巴日"比起来，它乖巧得像一只小猫咪。

它看见不远处低头觅食的一群马，嘶鸣了一声。那边立刻就有一匹儿马翘着尾巴奔过来了。它们嘴对嘴地彼此嗅着，打了起来。它因为是个骟马，野性已磨灭大半，不敌这匹枣红长鬃儿马，没一会儿工夫败下阵来，我急忙拽动缰绳，将它拉到我身边来。但枣红儿马不肯罢休，竟然报着耳朵追击而来，巧妙地逮住机会在它的屁股上啃了一嘴，疼得它弓起身体猛地往前一蹿，前蹄堪堪擦着我的胸脯落地，我还没有做出反击，枣红儿马一溜烟地跑回马群。

它的屁股肿起来一块疙瘩，还有一点轻微地瘸，行走受到了影响。它不能长时间行走了。果然，还没到山谷深处，它右后腿已明显变得僵硬了，它好像使不上力气了，每一步都很吃力。我必须要更换马匹了。

而眼下，刚才出现的那个马群又磨磨蹭蹭地进入我的眼帘，那匹枣红儿马就在其中。我有了个主意。既然我一时半会儿找不到自己的马群，那么就近满足所需也未尝不可，我也这样救济过别人。大多数人这样救济过很多人。在别无他法只能如此的时候，此举的理由将公然变得正当。再加上它的伤完完全全是枣红儿马造成的，我觉得我可以换取一下，将它留在这个马群里，骑走罪魁祸首的枣红儿马。马群主人看到它，应该能想到是怎么回事。

既然决定了，我得想办法逮住它。我知道这有难度，不过，因地制宜，我很快想到了办法。我可以将整个马群往山谷最深处驱赶，赶到那一处乱石缝里去。以前，不方便带来简易的铁丝网做的羊圈的那些年，小兴这边的人家想要对羊群或者牛群、马群做点什么，都会赶到这里来。这是一个天然的石圈，只要赶进去，堵住一个出口，它们便无处可逃。

我一边缓缓地赶着马群，一边打量着马群里面的马。除了枣红儿马，我中意的还有三匹。一匹是沙青色的骟马，头高臀圆，步伐矫健，眼神机灵。我知道它，它叫"春雪"，原来这是罗藏旦增的马群。那我更没有什么好担心的了，我和他虽然不是特别好的朋友，但也绝不陌生。他的"春雪"在几次县级赛马会上拔得名次后，我给它挂过红披过彩。我对它有情分。

第二匹是长鬃的壮年大黑马，它的形象使我联想到坦克。对，我觉得它就是一辆马群里的坦克。这种马最适合接受艰巨任务，它平凡的外表下具有强大的内动力，它那种给人强烈的敦实感告诉我，像寻牛这类事，它可以胜任。我很中意，它很强大。不过，我还是将目光移到那匹把我的马咬坏了的贼坏贼坏的家伙身上。我看它精力过剩，没一刻安静。它一身的厚膘看来攒了有两三年了，光滑闪亮的毛色赋予了它一丝不凡的神韵，儿马的优势让它处处显得高马一等，看谁不顺眼立马冲过去嘶一口，吓得其他的骟马躲得远远的，那几匹母马被它紧紧地守护着。它看任何东西都是有警告意味的。

好一匹儿马。尽管对它大有意见，但我不得不说，这是一匹骄傲的骏马！

从赶着马群起，我一直没出声，就怕惊着它们。快到天然石圈的入口时，它们有一些骚动，好像明白了什么。但我没有着急，只是慢慢地、远远地堵住去路，尽量让它们放下警惕。它们果然停下来。有一匹小个子的黄牡马非常懂事地带头进去了，接着其他的也跟进去了。我轻易地堵住了唯一的进出口。

"坦克"异乎寻常的驯顺，几乎没有费劲，我给它套上绳子挽成的简易马笼头，将我的马身上的鞍子褡裢都卸下来，放开了它。它慢缓缓地走进马群，立刻有几匹马跟它互嗅，熟悉起来。它们没有打架。我给"坦克"备马鞍，套笼头和嚼环，这一套程序做完。我乘骑着它离开。等我们走了，马群会自己走出石圈。

我庆幸做了一回正确的决定。骑在"坦克"身上，由它的脊背传来的坚实有力的感觉十分明显。它的每一步都走得沉稳结实，真如一辆坦克轰隆隆地碾过大地。

  第一天晚上我没打算休息，这是之前便计划好的。我精力尚好，而且又有了一匹好马，可以加倍行程。所以一直到下午八点多，天色完全黑下来后，我才找了一个稍微有些遮挡性的山壁，打算休整两个小时，顺便把晚饭吃了。我的褡裢里有现成的熟牛肉，有两个苹果和一瓶牛奶，还有十来张面饼，更少不了酥油和青稞炒面。只要有酥油和炒面这两样东西，我可以一连十天不用补充食物。当然，那是没有必要的，顶多两三天，我便可以从好几个牧民家里补充满食物，而且是丰富多样的。把马拴在山柳上，我靠着山壁吃了牛肉，接着又闭上眼休息，可是脑子里一点不安静。这时候稀稀落落下起了雨，我躺着没动，因为我正在将我们两口子这段时间的生活巨细靡遗地回忆一遍，只要我能够想到的，无论有没有意义，我都罗列在脑海中研究一遍。其中有一个景象引起了我的注意，那应该是去年的十月份，刚过国庆节不久。一天我去种羊引进基地看新一批引进的欧拉种羊。我到时已经有好些人在了，有几个跳进圈里，捉羊看口齿，估体重。我也跳进去，连续抓了四只种羊作比较。其实它们都差不多，只在犄角和花色上有一些区别。有些人喜欢身上的红棕色更多一点的，有些喜欢只是头和脖颈有红棕的，而我喜欢身上有像梅花鹿一样的花斑的，这样的种羊只有一头，我和一个叫龙保的人一起看中了这只羊，我们捉住它，将它上上下下都仔细地检查评判了一番，而后，我们靠着墙，气喘吁吁地坐下，商量怎么办。

最后，我们决定抓阄。让另一个人帮忙，他一只手里捏一颗羊粪蛋，另一只手里空着，让我们猜。我们划拳，胜出者先猜。结果我胜出了，接着又猜中了有羊粪蛋的那只手，我赢了。龙保有些遗憾，说我们为什么非要猜羊粪，直接划拳不是一样吗？我说，没错，怎么着都是我赢。这只成为我的财产的羊，价格是 2 600 元人民币。我蹭了别人的三轮车，将羊拉回家中，我将宝音和旭尔干叫出来看羊。旭尔干感冒了，一连十几天发烧，却固执地不去医院。我说你小心把自己烧死。他生气了，好几天不搭理我。但我买回来的种羊，他感到很满意。这羊到了明年，身高会超过三尺，是头顶级好羊。他说，花型也好，配上我们的那十几头母羊的花型，明后年我们羊群就有小的变化，遗憾的是那几只母羊都是二茬欧拉羊。我说那也不错了，都是好羊。他说我们应该再买一批纯种欧拉母羊。我说那代价也太大了。

宝音一直在旁边看着，无言无语。那一瞬间，我突然下意识地觉得，今天的宝音很惘然，精神恍惚地躲避我的目光，但是我没有深究，我短暂的诧异倏忽间便了无踪迹。现在想来，我觉得那次的宝音大有问题，我了解宝音，知道她的性格，偶尔有些时候，我还能很准确地猜到她的想法，预测到她的行动，所以只消稍微地认真一点、敏感一点，我便能够发觉她不对劲，但事实是我其实很愚蠢，如果不是刻意，我几乎不会发现这么隐蔽的情感波动。我记得那天更晚一些的时候——在吃晚饭和收拢牧群归圈之间——那会儿我已经将新晋成员放入羊群，回来后自己煮了一壶茶，边听收音机里的新闻，边品尝换了一种泉水煮出来的黑茶的味道。大概过了半个钟头，我感到肚子一阵不舒服。我去远处的那个大坑里上厕所，因为正好是在西面，我在斜斜地照射过来刺眼的夕阳里，看见宝音也在那边。不过，她并不是从坑里出来的，她只是坐在离坑很近的地方，那是一块水泥块一样的石头，像一个小凳子。她坐在那里，她在打电话——因为整个营地，只有那里的信号是最稳定的，其他地方基本打不通电话——看见我走来，她洋溢笑容的脸同手机一起收敛，她站起来朝家里走，即便这时候我也没察觉什么，我们错开了。我记得我们好像说过一两句话，但现在忘得干干净净。其实，现在已经很明确了，那会儿她魂不守舍却故作镇定的表情，她想让自己表现得自然，但因为缺乏信心，反而显得非常可疑。这一幕景象，如今在幽暗的雨中清清楚楚地浮现，简直纤毫毕现，历历在目。她有什么事情呢？她瞒着我什么？我不想乱猜，但我直觉自己没有猜错。宝音这些日子对我的态度，就好像是在说："抱歉，我不能再一心一意对待你了……"

我的"背心之症"又开始发作了，再也不能好好分析这件事了。我用上了最粗暴也是最有效的办法，将背部顶在石壁上一小块凸出的地方，让最痛的地方和石块最尖锐之处相撞，摩擦出更加刺激的疼痛。我眼前一阵阵发黑，双手用力扶着石壁以免摔倒。经过长达五分钟的摧毁后，我从这钻心的折磨中感觉到一阵阵的舒爽，真的快要呻吟出声了。这是一种在剧痛中产生的快感，十分有效地缓解了病症。我十分疲惫，但必须走，这里已经不能遮风避雨了。如果我不想在这里过夜的话，那么必须现在就起来动身，被寒冷的雨水浇透了也是迫不得已，我顾不上身体的状况了，而且，我知道这样被淋湿一次并不会让我死去。

我先是牵着马朝北走，往这边走主要是为了节省时间，我知道这边会有牧人家。对于前面的这段路，我虽说不上特别熟悉，却也走过一两次。我记得有点印象的一个营地离这里还有一些距离。但是，时间被我耽搁太多，已经是晚上十点多钟了，我肯定要在雨夜里赶路了。因为身心俱疲，我不知道还能坚持多久。而且我也忘了带雨衣，好在有手电筒，至少可以照亮一小方的空间。雨越来越大了，我随便擦了擦马鞍上的雨水，骑上去。坦克一直没有停止吃草，它在雨水里乐在其中，走得比下午更加轻快一些。看它这个样子我减少了盘绕上山的次数，它也精神抖擞彻彻底底地执行命令，显得非常乐意如此。我们以最快的速度到达了山梁，展现在我眼前的是空间的蔽塞，无论朝哪个方向看，都是近在咫尺的硬邦邦的水泥青灰色。此时，我外面的皮袄已经全湿了，越来越沉，我的肩头被压得僵硬而酸痛。皮袄在一个劲往地下沉，我把它拿下来，搭在马鞍上。我里面穿的是人造革外套，可能有那么一点点的防水功能，但也指望不了太多。淋就淋吧，我不是怕冷，甚至背心的疼痛也可以忍受，我怕的是更可怕的东西，是皮肤潮湿后的那种黏糊糊的难受，那就像是把泥抹到身上了似的，到处都痒，从心底里发痒。但这次，说不定我要遭这一回罪了。

雨水扑打在山石上面，钻进石头之间缝隙的凹坑里，轻轻地在草皮上发出甜甜的、宛如糖果和牙齿碰撞的音色。在一些没有长草的光溜溜的地方，雨水的声音变成一群蚂蚱飞鸣。雨水抿湿了马鬃，水滴顺着一撮一撮的长鬃跌下去，在草丛中隐没、在石面上弹跳。电光所到之处，雨水皆精彩纷呈。

雨夜呈现原野另一面姿态，与阳光之下的迥然各异。但雨夜更悠远、孤寂，更加具有一种脱离于尘世的僻静和冰凉。行走在这幽幽的凝练的时光中，心灵颤动，强大的重力无处不在。我失去了以往的轻盈，脚步不再飘浮，踩得踏实又震痛。每一脚如此，已走不快了。一直到凌晨四点钟，我观察周围的地形，发现陌生得很，大概没来过此处，但又确信没有迷路，这就古怪了，也许只是偏了一点点，也许是雨夜的缘故，让原本就不是那么清晰的记忆和此时此刻无法契合。也许都不是，我泯灭了从前，现在的才是真的。

又走了一个小时，天蒙蒙亮，但所见之处湿雾弥漫。我彻彻底底迷路了，浑身冻得僵硬，迫切地希望看见一顶帐篷、一股袅袅升起的炊烟、一塘旺旺升蹿的火苗和一碗黏稠而烫嘴的奶茶……迷雾不见消散反而更厚实了，我大概估算了一下，要到河谷地带还有一段距离。河的两岸正是人烟较为密集之处，虽说别的地方——比如在半坡或者在那些小的山坳中——也有人家，但眼下的情景实在不适合盲目地去撞运气。沿着河边寻找，概率将大大增加，我预感到三千米内一定会有人家。我仿佛已经看到了一顶尖尖的小白帐篷孤零零驻扎在前方不远之地——我果然看见了。我看见一个人弯着腰，走出尖顶帐篷，然后转过身朝帐篷后面迷雾笼罩的大山里大吼几声，接着吹出了一个响亮的哨音（我知道他这样做是羊群出圈前的一次"常规扫荡"，意图让附近的狼受惊离开）。然后他才看见我。

他将长头发捋到一边去，重新戴上帽子，把帽檐也拽到一边去。

"那仁，你又开始寻牛啦？"他远远地喊道。

# 第十章

我们在海日喀的小曲陇深处一片千亩左右的草场上。它的主人是久美多杰，一个同那仁一样格外善于斤斤计较的中年男人。那仁用很贱很贱的价钱买了这片已经被吃得惨不忍睹的草场，他让我们就吃这个。这个王八蛋为了省钱尽买些别人吃剩的残羹剩饭，将我们东赶西撺不消停。我知道他是怎么想的，牛嘛，皮实，只要饿不死就行。

他把曲陇口自己的草场保留下来，再过一段时间给母羊吃。不过他好歹把快要产犊子的母牛也赶到了那里。他检查母牛是否怀有牛犊的方法简单便捷，只需一掀牛尾巴，瞧瞧乳房就有数了。乳房有大碗那么大或者更大的就是有犊子的，之下的就没有。他花了一下午的工夫瞅了近六十头母牛的乳房，拣出来三十几头去吃好草了。在走之前那仁不怀好意地盯着那二十几头根本就没怀孕的母牛好一阵子。我发现这些可怜的母牛们心惊胆战，里面大概有那么十几头是去年夏天我履行交配之责时的对象。她们没怀上是否与我有关系？但赶走的那群里也有几头我跳过脊背的母牛，她们显然是怀上了，但不知道是不是我的种。前面一年，我将精子射进过很多母牛的体内，但她们同样也被别的公牛射过精子，我不知道是谁的精子孕育了生命。按理说，我从去年就是对齿，也刚好是可以当种牛用的时候，我的精子已经是有用的精子了，但是，我仔细观察过今年春天出生的那些小牛犊，没有一个像我的。我看了又看，每一个小牛犊都不放过，我确定没有一个是我的种。这让我失落了好一阵子，我很好奇我的孩子会是什么样子？会和我一样有一双令人惊悚的眼睛吗？会和我一样打娘胎里开始思考，一出生就非同凡响吗？还是正常、平凡、愚笨，一如所有的同胞？这事叫我头痛，焦虑得开始失眠。我完全没有做好接受任何一种结果的准备，因此患得患失，惊慌又恐惧。

这些没有牛犊在肚子里的娘儿们，她们愁得半天没心思舔草，她们压根儿没想到找我这个"丈夫"帮忙。我很同情她们。这其实也没什么可琢磨的，不外乎两种结果：第一，找个傻子忽悠一番，然后以很高的价钱卖给他（那仁做梦都想这么干一票）；第二，等到秋天膘肥体壮了拉去宰了，压冬肉——那时候更好卖。

她们的命运几乎已经注定，但也不一定，这就要看她们有多大的运气了。未来的事谁敢保证？

没有什么事情是值得保证的。

一个月前，母亲最后一次千篇一律地嘱咐我照顾好自己时，我几乎已经完全丧失了和同胞交流的能力，一度十分沮丧。我对同胞失语的状况不是突然出现的，它一直便存在，并且一点一点地发展。它就像不被察觉的疾病，等发现时，已经晚了。我是突然一天，想要和母亲说话时，却张不开嘴，发不出音节。

那一刻，周围的环境宛如跳蚤附在我身上，让我极不自在。虽然之前我也并不随意开口，一副傲慢模样，可那心境是不同的，那会儿我不开口是觉得没有必要，除非不得已否则我宁可装聋作哑。但当我真的哑口了却又是一番心绪。我早已预料到会有这么一天，孤独、排斥，这些我也享受已久，平心而论并不认为有多么不可忍受，因为我清晰自己的追求，我在想着自己的追求时在同胞面前很有优越感。我对他们的一言一行看法多多但从不说出，不是不愿而是不屑，可一旦再无机会去说了，就有一种几欲将我憋死的痛苦。原来我是那么的想说想表达，但为时已晚。

因此那段时间我状态全无，哪还有一点公牛的风采。母亲说她最后一遍遗言的时候，我根本没意识到什么，以为她依然会苟延残喘地活着，隔一段时间叫我去，把那担心之言再说一遍……我心不在焉地答应着，恍恍惚惚地离去。没到第二天，母亲她远离牛群，靠着一沿土坎，殁了。

由于本身的烦恼已足够有分量,所以我竟然没感觉到太多的悲伤,我原以为母亲去世后我会比生母的死要伤心得多,没想到没有。她一离去,我所有的亲人都离我而去了,世间仅剩我孤独一身,那份凋零我深深体味着。

我也很想念拉加。

小时候我对他很是疼爱、喜欢,他是那么可爱、调皮,一个小机灵鬼。但慢慢长大了他就变了。首先他失去了冲劲,干什么都是一副无精打采的模样,而且他也不拾掇自己的皮毛。瘦便瘦了,但毛发总该理顺的。一年到头朽成一个一个的疙瘩成何体统?如今他彻底消失于世间,要论起来还是怪他自己,虽然他努力了也不见得会有所改变,但又怎敢保证一定没有机会呢?世事恰恰就难料在这里,救命的稻草也许就隐藏在惯常之中。他的死是十分有道理的,那仁怎么会允许这样的一头牛生存下去?拿他的话说就是在浪费草场。

这几日眼看吃的草越来越差,完全吃不饱。我难以忍受,谋划着怎样逃走。虽然历次出逃都无一成功,但俗话说吃一堑长一智,我学乖了,不再轻易犯傻。我知道那仁和旭尔干看我看得紧,他们一定是嘱咐了在"洗羊池"那边住牛场的索南和切华,让他们平常留意一下我。所以只要我被他们或者其他的人看见了,就等同于被那仁看见了。等待我的又会是一场刻骨铭心的痛,难愈的伤疤……

我长久以来谋划怎么报仇，对那仁的研究从来没有中断过。但是他好像也发现了什么，对我越来越警惕了。

那仁的无耻我领教已久，心存畏惧。我计划中的逃跑不是一天两天了，心里早就有了一点头绪。成功的概率相较以往无疑是提高了很多，我是说逃出去后能够有十几天的时间和那仁独处。我也想了各种会发生的意外，比如说：我在路上被别的牧人逮住，拉去卖了；或者被别的牛给打伤了，生活不能自理；或被狼群围攻至死，分解成食物再分解成粪便……这些都有可能，尤其是冬天的时候。一想到在前途中如此危机重重我确实有了那么一丝丝犹豫，想就此打住，去做一头轻松的公牛。但从古至今，一些生物一旦拥有了智慧，相应地也就有了责任。我心甘情愿打一出生就背负一种责任，那就是为智慧而战。我生而为牛被赋予的智慧，是我的族群在愤怒的不甘中集体牺牲给我的，我担负良多生命，还有那冤屈和悲苦——我要代母亲讨一个公道。

这次我打算往东，利用那里的山涧、草甸、冰川、野密林，以及那些座尖锐耸拔的大山和那仁来一次旷日持久的较量。我希望他尽量在我的计划时间内找到我，并和以往一样，满腔愤怒地追打我，他打我打得越狠我越高兴。人们都说冲动是魔鬼，怒火会蒙蔽心灵之眼。我就想要那仁那样，如此我才会有机会。

要做到事发之后的几个小时或者更多的时间里神鬼不

知，沉甸甸的黑夜无疑是上天赐予的最佳的礼物。赶在那乌铅色的大幕拉开还有些许工夫，寂静的空荡正被阳光晒得迟钝，我铆足了劲狠舔了一阵淬草，再用冰凉彻骨的泉水补充了水分。而后静等光阴一寸寸跌落这糟糕的世间。而这一刻的草原，酷似一张破碎的牛皮，在千疮百孔中残守着一点点心酸的光辉。如今的我不占有什么，草原、河流、山花、母牛、头领……我只是，也只愿意侵略。相比占有的费心费力，侵略真是世界上最潇洒自在的行径了。我惊诧于那些拥有散播种子能力的同胞们，他们顽固不化的占有意识日久年深，已经凝固成僵硬的姿态，严重阻碍了交流与学习。他们的领地意识致使他们失去了向前看的目光，更别提大步前进了。他们戴上了"眼镜"，"眼镜"里的近处愈加鲜艳，但看不到远方。

良好的休息有助于接下来的大动作。我横卧曲陇深处的山坡上，四周草地光秃秃地裸露着，一坨坨灰暗的牛粪如同缩小的帐篷，密密麻麻、挨挨挤挤集会般形成一片黑色的"湖水"。这汪"湖水"周围，放眼望去全是抖动的茂密草丛，在斜阳下宛如黄色的波涛。

有一种煎熬叫作"眼红"，那真是世界上一种挺残酷的折磨。

我们每天想得最多、看得最多的是随便朝哪个方向望去都是吊足胃口的景象，而我们却活在地狱中。我们每天骂得最多的不是那仁而是这个草场的主人。想不通是什么样的人会拥有如此惊天动地的毅力和耐心,可以将整片草场所有的围栏做得如此密不透风。别说是一颗牛头、一只蹄子,就是一只小羊羔,都要费时费劲才能钻得过去。他还加固得那么高,即便是牛群里最高的牛也得仰视着高处铁丝网线折射的冰冷寒光。

我们这群牛里天赋异禀、身怀绝技的有好几个,却拿这千亩草场的围网没有办法,看家绝技全都不好使。和我一样有想法要逃出去的牛很多,好歹已经关乎到了来年的生死,即使再过分我觉得也不过分。但不一样的是,他们只是单纯地想逃出此"监狱"到别的草场吃好草。至于吃完以后会发生什么,那就无法顾及了,眼前永远最重要。可以想象他们一出铁丝网的门就作鸟兽散,各自奔向早已瞅好的目标,以千奇百怪的姿态进入那些铁丝网内的草场,乘着还没有人发现狂吃海吞一顿,然后再以千奇百怪的方式出来,随心所欲地溜达;或继续留下来,一直吃到草场的主人到来。

几年来,我从自己和同胞的身上深切体会到了朝不保夕,有了上顿没下顿的忐忑生活。每年前半年我们都被饿怕了,一旦有了吃的就像疯了一样,不吃个三天三夜把自己撑得要死决不罢休。尤其是见到好草的时候,那场面简直惊心动魄,叫我心酸又愤怒,为什么他们就没有一个敢站出来反抗,没有一个敢登高一呼,聚众抗议?

其实是我的想法未免太过于理想化了,其实他们都比我聪明，知道反抗也无用，说不定人们还会把闹事的头儿宰了，就在众牛面前宰了，将肠子一截截割断、清洗，将里脊肉"吱吱"地割下来，剁成碎块和葱末一搅拌装进肠子里，成为一条人们闻来香喷喷的肉肠，煮熟了，当着他们的面欢快地大快朵颐……明知极有可能会上演这一幕的情况下，还有谁会不顾自身安危，为了同胞而大义凛然地站出来成为一道被人们用来杀鸡儆猴的试验品？即便不被宰杀，人们同样有多种办法达到最终的目的。

来到这世间，我自认为最大的收获是学会了忍耐，学会了等待时机。这本来是人类的长处，但现在——至少在我的认识中——似乎已经很少有人用了。对此我很不理解。但我又想，也许是我依然没有了解他们在其中安置的深意。

我看看四野，眼前的世界很安静，空气流动迟缓、笨拙，宛如水银溺漫草地。整个牛群与我相距有几百米远。我抬眼朝四处巡视一番，然后朝草场的一角走去。既然要出逃，我又怎么会没有准备呢？早在两天前，我便寻得一处网围栏的薄弱处，花了两个夜晚悄悄地用犄角连磨带挑地弄断了三道铁丝。由于网围栏年久生锈，加上有些松弛，居然没有弹跳到一边去，依然松松垮垮地挺着。如果不近身查看，根本难以发觉。简直就是天然的障眼法。这一次，仿佛老天也在有意相助我。

我来到那地方，用头将铁丝网挑到一边，然后奋力一跃。我的头顶有无数星星见证了这一壮举。脚下是一片泥滩，夏秋之季臭气卓著，闻之作呕。但现在已冻僵，如铁似钢，踏在上面比草地坚实多了。这次我要朝南走，穿过它会节省大量时间。我一定要在天亮之前到达喜玛拉登，然后转而西进，去草褡裢。那里此时正是藏民的冬牧场，水草肥美。重要的是那里的铁丝网形同虚设，对我来说无疑是天堂，在那仁得知我逃走之前——他至少要三天后才会来查看牛群——我可以先犒劳犒劳自己。白天目标太明显，我就躲到扎乌拉措湖边的丘陵地带去。那里甚少有人，安全大有保障。等到夜里，我便随便进入哪个草场，独自享受一个夜晚。我估摸着那仁整装待发开始寻找我怎么着也得三天以后，所以我给自己的期限也是三天。三天后即便再留恋不舍，我都要义无反顾地启程。我最终的目的地是喜玛阿日冬，那个地方一面靠海一面靠山，夹着斜长的小型平原。人烟处处，屋舍不断。既可以必要的时候在茂密高挺的百年蒿圈里躲藏，又可以适当地让人发现我的踪迹，以便那仁能够大致判断出我活动的范围。我现在唯一担心的是出现突发情况，来寻我的人变成旭尔干。他一来万事休提，不但我难以实施复仇计划，而且以他更胜一筹的经验很快会找到我。也许都用不了五天。

看来我的逻辑推断和考虑的细节还不够紧密，既然我可以临时做出改变想法的举动，那就不能排除他们提前去查看牛群的可能。

我如愿以偿地到达草褡裢,在一片崭新的没有牛羊进入过的草场里偷吃。天一亮接着走,我跨出那片草场时,天地拉起了大雾。雾气湿腾腾,几乎片刻就使我全身淋漓。雾气严重阻碍了视野,前途难测。整整一个上午,我都不知道自己到了哪里,只是凭着昨夜遗留下来的模糊记忆和一种糟糕的直觉在走。其间我碰到了关在铁丝网里的两群羊、在道路里埋首赶路的一群羊和一个骑马的牧人,以及在道路里的几匹瘦马。除此之外再无其他,我一头牛也没瞧见。

这种情况令我心头不安,总觉得四周鬼魅异常,那高高的万年蒿草背后似乎有什么东西在随我一起移动,而且不止一个。我想看个清楚但目力所及之处一无所有,时间久了就变麻木了,索性不再理会。

我一直以为在朝西走,但到中午时分雾霭渐渐散开之际,惊讶地一眼望见了大海。海面冰光闪闪,化作无数刺芒射入我眼,疼痛酸涩使我泪流不止。心里更是无比丧气,西面是不会有海的,我迷路啦。由于甚少——除了来吃海水的那次——来过海边,我不确定此处是哪里。我看见一条沙丘蜿蜒地深入海中,形成一个半岛。沿海是一道望不到头的黑泥滩,和金黄色的海沙泾渭分明,蓝色和白色的海冰、金色的沙滩、黑褐色的泥滩和泛黄的蒿草依次展开,构成了一幅格外壮观的画面,而且是一幅寂静的画面,仿佛我一动,就会捅破这幅画卷。

我暂时忘记了迷路的烦恼,静静地以似懂非懂的心态欣赏着景色。

两个小时后,我恋恋不舍地继续前行。虽然大片大片的蒿草看起来能起到隐蔽藏匿的作用,但我忽略了最重要的一条信息,我忘了脚下是一片什么样的土地,这是被盐水浸泡过的,表面惨白内里暗黑的松软的沙土结构。我的体重超越了沙土的负载能力,我每踏下去的一脚都像一颗烙在大地上的"心",漂亮无比。我就用无数颗漂亮无比的心给那仁留下了一条既特殊又鲜明的痕迹,只要那仁来到海边随便在哪个地方发现了我的"心印",他就可以轻轻松松地跟着一条弯弯曲曲的漂亮印记找到我,而且绝对用不了几天。如果他在明天早上发现了印记,那不到中午他便一定会站在我的眼前,拿那双死鱼眼恶狠狠地瞪我。

我犯了极为低级的错误,纠正的方法倒也简单,我再次折而北上,穿过层层叠叠的蒿草地带,到了一条砂石路上,然后继续向西前进。直到傍晚时分,我抵达一处格外压抑的地方。虽然是冬日,可阳光强烈,气温连日来逐渐升高,我体味到了夏日午后的感觉,背脊发烫、滚热。行走在这条无风尘土自扬的路上,两边的铁丝网延伸至天边,与铁丝网一样高的蒿草圈一个连接一个,紧实得密不透风。路就被挤压在其中,既局促又顽固。

# 第十一章

看见扎科的那一刻，我突然被一种奇异的感觉包围，我几乎可以确定，这就是老天的安排。我迷路了，但只是迷路了几个小时，我就出现在了这里，这里是察拉龙洼，这里是格妮现在生活的地方。我被老天安排来看望格妮了。

我内心的喜悦溢于言表，对着扎科大喊大叫，热情至极。

扎科的家是我见过的最乱最脏的地儿。也许，他从到这儿起，就没有叠过被子，没有往外面扔过哪怕一块垃圾。他的歪歪扭扭的榻榻米般的矮床脏乱不堪，上面和周围散扔着一大堆烟头、啤酒瓶、烂了的袜子、没洗过的袜子……再往后，床的后面，堆着一大堆吃的和用的东西，马笼头和鞍子也在其中。一个面粉袋子张开口，里面装着几个脸盆大小的馍馍；边上的另一个袋子里装着一条条的、乌黑乌黑的风干肉，露在袋口的肉条面上已长了白毛和绿毛；一个盆子里摞起来十几个碗和碟子、勺子，全都脏兮兮的，一看就知道是积攒多日了；他换穿的衣服像毛球一样塞在皮制袋子里，我发现大多可能都已穿过，穿脏了以后懒得洗，直接就塞在里面了。他的水壶表面上淤积的污垢绝对要比水壶本身还重，白色的水壶已经变成紫色的了；茶壶也差不多，炉子上盖着厚厚一层灰，当他的手在炉子上面活动的时候，会带起一阵阵的灰尘，像雾一样在帐篷里飘荡起来。我最不能忍受的是那片抹布，那不是抹布，那是毒布！他一拿起它，令人窒息的臭味扑鼻而来，让人几欲作呕。我差点夺门而逃，是冰冷和饥饿控制住了我。

他将小铁桶制作的炉子烧旺，让我把衣服脱下来烤干。

"今年，你是第四个过来的人。"

扎科也给自己倒了碗茶喝。他还是穿着那件永远也不见脱下来的军上衣，戴着那顶永远也不见取下来的绿帽子。这副装扮，我在两年前，一年前，甚至更久以前都见过，并且从来也没有好奇过。今天，在他的营地的小帐篷里，他坐在对面，身上的酸臭气味弥漫于整个帐篷，他当然浑然不知，滔滔不绝。其实，他长得挺耐看，双眼皮大眼睛透亮，挺直鼻子中正，方形脸盘大气，薄厚适当的嘴巴精致；他的皮肤也好，没有红血丝和高原红，没有斑，不白也不黑，正是一种理想的男人的肤色。如果好好拾掇一番，绝对是个美男子，就连那颗金牙也掩盖不了他容貌的光彩。他从来都不怎么在意这些。他结了三次婚，离了三次婚，眼下孤身一人。

他给我添了茶，说道：

"你的牛我一头都没看见，这里没有。"

扎科从迷雾里牵出来他的"追风"——一匹只会短跑冲刺的海骝马。"追风"已经连续两年没得到一个名次，究其原因是一千米的赛事越来越少了，最短的赛程都是两千米。不得已之下，扎科到祁连县去比赛，那里最长的也不过一千五百米，甚至还有七百米的，正适合"追风"。扎科说"追风"赢得了两个冠军。我觉得他在撒谎。

他给马戴上嚼环，朝马背上扔上去一张轻飘飘的马垫子。上马之前，我们点上一根烟。我向他讨了一包烟，我忘了带烟了。出发之前雨已经停歇了，晨光来回几次也未能冲破云层。雾不见消散，随着地势不断升高，愈加浓密。我们攀至这座山的三分之二处，满眼湿冷之气翻滚腾云，彻底把我们包裹起来。

雪线之上雨还在下，不大。再往上走，雨变成了硬硬的雨粒子，再高就是雪片了。扎科的羊群分成十几个小队，排列在多个乱石与积雪夹击之间的草甸上，安静如雕塑。

"我得走了。"我说。我这会儿已经困得打了三四个哈欠，我开始责怪自己逞能，我应该在他的帐篷里睡上一觉，但是他的床铺的脏臭打消了我的念头，我觉得如果我在这张床上睡了，那么接下来的很多天，我都会做噩梦。

我打听格妮的营地。他狐疑地问：

"你找格妮干什么？"

"听说她的羊羔子特别好，我想去看看。"

"那你还真是找对人了，她的羊羔的确棒极了，但价格也高，那是个不省事的女人。"

"怎么，让你吃瘪了？"

"没有的事，我对她不感兴趣。"扎科说得真是言不由衷。他心里一定酸溜溜的，有自知之明，知道格妮看不上他。

扎科给我指了方向，我们道别，我一头扎进了大雾中。一连翻过了几个山头，然后沿着河谷深处的羊肠小道下山。只一个小时，我就到了察拉河边。格妮家的帐篷在河对岸的一条山谷左侧，遥遥在目。

又下了不大不小的一阵子雨。因为没有吹风，雨下得悄无声息。河那边有两个人和两匹马。他们身披马垫子，像秃鹫似的蹲在一处乱石堆里避雨。他们大概是来查看牛群的，在他们身后一千米的地方，一个比较庞大的牛群正在朝山里移动。我绕开他们，找了一个河水宽浅的地方过河。雨停了以后，阳光立刻出现了，很强劲的热力让我暖和起来。我实在太困了，骑在马上居然睡着了。也许只有十几秒，但我知道自己睡着了。这种困意只是一会儿的工夫，就只有这会儿工夫最难以抵挡。我在河边的一处小小的涌泉处洗了脸，清醒了一些，但我还是放弃了抵抗，觉得不能这么糟糕地去见格妮，我找了一处光洁的草地，铺上毛毯，躺下了。我睡了三个小时。午后醒来，到水边，认认真真地洗了脸，洗了脚，衣服也整理了一下，平复好了心情，我朝格妮家走去。

那两个蹲在河边的人追上来。他们一直在那一带，好像在河边找金子。"你好啊老弟。"其中一个年长者，大概有五十岁，戴着一顶瓜皮帽，脸黑得像锅底，很热情地说："我们看见你在睡觉，就没过来。我们在找一只小牛犊，牛妈妈死了，现在小牛犊也死了。"

"难产死的吗？"

"不知道啊老兄，糊里糊涂地死了。"另一个跟我年纪相仿的人戴着一顶宽边大毡帽，穿着一条崭新的牛仔裤和一双十分漂亮的马靴。他一定是上过学的人，气质与众不同。

我说：

"那就是杂七杂八的病了。老兄，对此我们无能为力。"

"没错。老兄，你在找什么？"

"一小群牛。还有一个单独跑的大家伙。"我说了六头牛的特征，一语带过小妖。因为我知道他们都知道小妖。果然，年长者说：

"从未见过。老弟，我敢打赌，你的牛没有到河这边来。还有，原来那个大家伙是你家的呀！"

"是啊。怎么，您见过？"

"我见过，而且不止一次。但不是这几天，是去年的事。"

"老兄你这么说，那我可以放心去下一个地方了。"

"我叫斑玛达日结。"年长者说。

"我叫云丹。"年轻人说。

"我叫那仁。"我说。

他们的牛群出现在前方，牛群在山谷入口的阳坡上，至少有三分之一数量的牛，全面铺开分散在左面山体雪线以下的山坡上。这条大山谷叫狼湾，显而易见，这里有很多狼，但也是一片水草丰美的地方。

"你看到我那三头牛了没有？三头走在一起的小犍牛。"斑玛达日结说。

"看见了。"我说。

"都是很棒的牛，你想不想要？我可以卖给你。"

"你没看见我的马群，我有两匹好马，也可以卖给你。你有马群吧？"云丹说。

"我有马群，但我不想买马和牛，我要羊羔。我去看看格妮的羊羔。"我说。

"你要买白玛格妮的羊羔？"斑玛达日结说，"你认识她吗？"

我突然被噎了一下，我说："什么？她叫白玛格妮？"

"对啊，就是白玛格妮啊。"斑玛达日结说。

"这里还有别人叫白玛吗？还有别人叫格妮吗？"

"没有啊，只有她一个，她就是白玛，也叫格妮。她真正的名字是白玛格妮。"云丹说。

"真的只有她一个人叫这个名字吗？"我问。

"那也不一定，但是察拉龙洼只有一个白玛格妮——我们这里的美人白玛格妮。"斑玛达日结说。

一股被羞辱的怒火燃烧着我，烧得我想扇自己几个大嘴巴。原来被心心念念的女人欺骗是这种滋味。我都不想去见她了，但转念一想，不，我要去，我要去问个清楚，她为什么要骗我？

我们已经走偏了，这个白玛格妮的营地在狼湾西面的另一个山谷口。但我们很愉快地聊天，走向他们的牛群，邀转牛群。

我们朝白玛格妮家走去，坦克的马掌出了问题，我检查过了，如果没判断错的话，这副马掌钉上去的时间已经超过五个月。掌底磨得很光滑，因为坦克极为丰富的经验，并没有出现打滑的现象，但它左腿上的几颗钉子已经松动了，很规律地发出马掌晃动的声音。它走得越来越不舒服了，要想后面的路走顺当，就得解决这个问题。

"这太简单了，斑玛达日结是钉马掌的高手，到了格妮家，让他帮你。"云丹说。

"你要新马掌吗？"斑玛达日结说。

"有新马掌吗？"

"有啊,一副马掌三十块,我们直接去那里吧,那里有全套的工具,但周甲的技术不行。"

"先去钉马掌,然后去格妮家,请她给我们做一顿饭,我快饿死了。"云丹说,"那仁,你不会是格妮的情人吧?"

"我不是。你是吗?"我说。

"我也不是。"云丹说。

在周甲那里,斑玛达日结只用三分钟便将坦克的马掌卸下来,再用十五分钟钉好新的马掌。他确实很厉害,他铲去坦克前蹄上多余的部分,只是用手比画了一些,就将新马掌敲打出完美契合坦克马蹄的形状,钉钉子的时候,几乎都是一步到位,没有因为钉得深入蹄心而拔出来重钉的错误。坦克这副"新鞋"连钉带掌重六两。看得出来,为了表现自己的高超技术,斑玛达日结百般用心,把活儿做得无可挑剔。我真的非常感激他,想给他一些劳务费,但被拒绝了。"我给朋友帮忙,从来不要回报。"他说。

这一副马掌三十块,足以报答坦克这一趟远足了,对罗藏旦增也算是一个小小的交代。坦克很兴奋新鞋的效果,走得很带劲。我们在下午三点抵达格妮家。在此之前的几分钟里,我从云丹那里简短地了解了白玛格妮的一些情况,知道她现在是一个人生活。自从她离婚后——那是五年前——她就一个人生活。她和前夫有一个儿子,初中没有毕业就辍学,到处晃荡了一阵子,在一场车祸中丧生。这件事之后,格妮便离婚了。所以她现在是彻彻底底的一个人，没有亲人。

"那她的亲人呢？"

"没有了。她的阿爸阿妈都去世了，她的哥哥也死得很早。"

我对她产生了一丝同情，但转瞬即逝。"那么，她现在的情人就是她的亲人了。"

"有的是，有的不是。"云丹说。

当我看见她，我意识到我根本没办法对她生气。她比上次见面更漂亮了，并且年轻得多，也看不出来她有苦闷艰难的样子。她洋溢的是一种真心的快活，似乎成为孤家寡人让她得以解脱，成为无拘无束的理想状态。我再三分析，非常细致地判断，研究她细微的表情，因为我相信，如果一个人把真正的状态隐藏了的话，那么总有一些蛛丝马迹会遗漏出来。我也不相信一个人的伪装能做到完美无缺的地步，而且就她的立场而言也是没有必要的，换句话说她想怎么样都可以，没有人有资格在这方面说什么。综上所述，我得出的结论是，她真的很快乐。过往的经历，在她而言可能真的已经过去了。眼见为实，如果她真的毫不留情地放下了过去，那她是一个可怕的女人；如果她现在的样子是一层伪装，那她是一个十分可怕的女人。

她看见我，愣了一下，装作不认识的样子和我们打招呼。她和斑玛达日结、云丹都没有表现出什么亲熟的样子，她很客气地请我们进入这顶白色的活动式帐篷，请我们坐在厚厚的彩线羊毛织成的毯子上。帐篷里面收拾得简直是一尘不染，锅碗瓢盆、被褥衣物收纳得整整齐齐。最引人注意的是她的床，这床不是用山柳和金露梅草铺的，而是一张真正的床，而且还有一张厚厚的床垫。尽管她把床安置在帐篷的左下角，但高高的床还是显得格格不入。床上铺着藏青色的床罩，像是用熨斗熨烫过一般没有丝毫褶皱。床底下有一排三个大大的牛皮行李箱，棕红色和白色的，四角镶有铜铆。我暗暗咋舌，这几个箱子，绝对价值不菲。她的生活里，处处都显示出一种卓尔不群的样子。

请她做一顿饭的要求是斑玛达日结提出来的。白玛格妮的冷淡态度让他有些下不来台——尤其是在我面前——他有些愤怒，却很明智这股怒气不能冲着白玛格妮去，所以有那么一阵子他显得很压抑，他又一次请求，语气很怪，既有恳求的意味，又蕴含着即将爆发的怒火，还有一点威胁的意思。总之，他说得很复杂，欲盖弥彰，自己都觉得不好意思了，因为他想隐藏什么的意图彻底失败，闹了个大红脸。白玛格妮还是答应给我们做饭招待。

听说我来看羊羔，她显得尤为高兴，说我绝对不会找到比她的更好的羊羔。

"你不知道的，那仁，我为了养出一批好羊羔费了多大的劲，所以我要是不找一个好的买家给它们就是在亏待自己，更亏待羊羔。"

"那你为什么不自己养呢?"

"那句话怎么说?铁打的营盘流水的兵,只要有好母羊,就永远会有好羊羔。"她转过身去切肉的背影充满性感,丰满的臀部撑满了牛仔裤。我下意识地偷觑斑玛达日结,他果然盯着看,云丹也在看,他发现了我的小动作,挤挤眼睛。

接下来有一段时间,我们因为各自的原因不说话,气氛有些玄妙,好像越不说话,就已经说得越多。吃饭的时候,她热情得让我好好吃饱,同时也让他们两个不要客气。"我知道出门在外不容易,以前我也找过牲口的,但我害怕晚上走夜路,后来就算丢了,我也不去找了。但奇怪的是,我这样一决定,它们反而不跑了,我已经两年多没有丢失一个牲口了。"

"也许是它们发现了在你身边生活是世界上最幸福的事。"我说。

"你的嘴巴骗了不少女孩吧?"她说。

"没有,我已经结婚了,而且不怎么出去鬼混。"

"不怎么出去,那就是偶尔会出去喽。"

"那是以前的事。"我说。

"我看你现在也没少鬼混,我看得出来。"云丹说。

"没错,哪有那么老实的年轻人,而且你也不老实,只有到了我们这个年纪,才会好好过日子,除非遇到命中注定的。"斑玛达日结说。

到了下午五点，白玛格妮很果断地下了逐客令，让他们俩离开。

"我要带那仁去看羊羔了。"她说。

来到白玛格妮家后，斑玛达日结的脸色一直没好看过，这会儿简直怒不可遏。但最终，他一言不发地离开。云丹走前很热情地邀请我去找他玩，他说他住得不远。"你问白玛格妮。"他说。

他们骑马走向早已远远移走的牛群。等他们的身影变成两个模糊的小黑点，白玛格妮把自己的马牵回来，我们去河边。她的羊群到河边来喝水了。

"你要挑选羊羔吗？还是一锅端？"

"先看看吧。"

"你在哪里读书的？你没说过。"

"我没怎么上学，我没说过吗？我觉得你也很有学识。"

"何以见得？"

"你的行李箱。尤其是那个小一点的白色的，真是好看。"

"你挺流氓的。"

"哦，为什么这么说？"

"因为那里面装的都是我的内衣内裤。"

"我又看不见。"

"所以说你天生就很流氓。"她说。

"欲加之罪，随你怎么说吧。历史告诉我，和女人讲道理是一条错误路线。"

"别拿我和一般女人比,我可是讲道理的,以德服人。"

"我不信,和那些对你不怀好意的人,你怎么讲道理?"

"你还真别不信,对付这样的人,我有很大一部分都是说服他们的,他们其实都不是坏人,要是坏人的话也不会听我说,所以他们其实很可爱,不会没完没了地来骚扰我。"

"那剩下的一部分呢?"

"剩下的当然是坏人了,对付这种人,我用武器来说话,我有枪。"

"你有枪?你也有子弹?"我说。

"当然,没有子弹的枪算什么?"她很得意地一笑,"这种人其实很少,无一例外都被我吓住了。有一次,我朝夜空打了一枪,那个王八蛋简直像风一样逃跑了。"

"你这是犯法你知道吗?"

"我可不能没有枪,你知道我的状态,就是因为有枪,我才活得这样自信,你不会去告发我吧?"

"我当然不会,但那些人会放过你吗?"

"这也是我感到奇怪的地方,他们好像谁也没有去告状。"她摇摇头,表示很难理解。我略微一思索,便有点明白了。

"他们不去告发,一来还有窥觊之心,二是怕如果告发了你枪被没收了,被别人捷足先登占有了你,那岂不是为别人做了嫁衣裳吗?"

她很认真地盯着我看了一会儿,说:"我说得没错,你真的是一个天生的流氓。"

"你看你这个人,我好心分析给你听,却害了我自己。"

"对不起,实话实说嘛。好了我们不说这个了。"

羊群吃好了水,正在朝营地方向缓慢移动,我们从正面过去,它们也没有掉头往回走,因为它们知道,现在,无论如何都是要归圈的时间。我们先是穿过羊群来到河边。这是一条和察拉河并流的季节性的河流,夏秋流淌,冬春干枯。让人奇怪的是,这条叫小白的水和察拉河发源于同一个宽阔的山谷,却没有合流。一条顽固的中间带从头至尾将它们分开得明明白白。两河最紧密的地方只有三米间距,似乎只要发一次洪水,就能够冲开这点阻碍,让它们汇合,但是自这两条河水在这里诞生、流淌以来,这事从未发生。也许它们天生相冲,根本不能融合。我们在小白河边下马,欣赏这里的景致。小白河对面是一片郁郁葱葱的岛屿,正是夹在两河之间的中间带。从高空看,一白一蓝两条河水以及一条墨绿的中间带像三条巨龙匍匐缠绕在山涧平原,虎踞龙盘,蔚为壮观。再往远处看,是察拉河——青海湖北岸最大的河流之一,是非常重要的草原保障水源。察拉河比小白河大了不止三倍,在雨季,这是条暴躁的大河,与之相比,小白河像个乖巧的小女孩。

两河对岸,是一大片金露梅草地,这个时节,正是金露梅绽放最灿烂的时候，巨大的金黄色肆意铺开在那片平原上，是惊心动魄的美。我的确被这幅风景镇住了，身心沉浸其中，久久陶醉，甚至白玛格妮站到近前，拍我的肩膀，我都没有马上反应过来。过了好一会儿，我才脱离那种沉迷，看向她。"真是太美了。"

"这是我的花园。"她挥了一圈手臂。"可惜的是，花期太短了。"

"美好的事物总是短暂的。"

"是啊，就像青春一样。"

"是啊，短暂的事物总是美好的。"

我们开始看她的羊羔。其实刚才穿过羊群的时候，我已经看过了，但这次更细致。她有将近二百三十只羊羔，这是她的说法。按照绝大部分牧人德性，在没办法具体数到羊羔的情况下，都会多说一些，这样的好处很多。白玛格妮这么聪明，也肯定不会老实告诉我真实的数目。

羊羔确实好，我没话说。我在羊群里转了几圈，然后和她一起慢慢地跟着羊群。我们没有骑马，这样可以用直视的角度再好好观察羊。我基本上心里已经有数了。

价格方面，我们出乎意料地接近。她诚心出售，知道行情，没有蓄意抬价，我真心想要，没有恶意压价。不到三分钟，我们握手成交。我看了看，说："你的手真漂亮。"

"你有了一群好羊。"她说。

我们说好，等我找到牛，回去取了钱，再来赶羊羔。

但时间上说不准,也许三五天,也许一个月。"一个月不行。"她说最多只能给我半个月,因为她要给母羊断奶,她已经拖了太长时间。为了卖上一个好价格,也为了保持这片地区她"最好的羊羔"的虚荣心(也许她是以此来证明什么),她付出了很多。我设身处地,从她的角度看待问题。我们讨论了几件她处理过的事情,我的观点勾起她的回忆,说到不为外人道的艰难,她很感激我的理解。当然,我并不是一味地附和她,博得她的青睐。但无论如何,她邀请我一起吃晚饭,我答应了。

我们首先拴住了她明天早上要挤奶的牦牛。我们回到帐篷,帮忙摘洗蔬菜。她说要做炸酱面,她最拿手的。她看见我有几次心不在焉地往床底下看,她便调戏我说要不要拿出来看看。我说好啊。她说你真是个流氓。我们在帐篷门口铺上一张花边牛毛毯子,放上小矮桌,放上辣子和醋。我们端着大碗,坐在隔离了潮气并且暖烘烘的毯子上,看着硕大的夕阳,吃得那叫一个香。也许是她真的做得好,也许是因为美丽景色的调味,更有可能是我心情变得美妙,总之这是我吃过的最好吃的一顿面食,绝无仅有的满足并产生幸福的一次体验。吃完饭,擦干净了矮桌,她沏上一壶茶,慢慢地品着。我们谁也没有说话,但是那么的温馨。她的手臂支在矮桌上,撑着下巴,脸上轻松自然地看着远处,但又好像什么也没看。我斜躺着,一会儿看看她的样子,一会儿瞧瞧河边和对岸的已经处在阴影中显得凝滞的花海，一种归宿般的情绪缓慢而有力地溢漫出来。我细细感受着，多次短暂而专注地看向她。她知道我在看她，说："你看个没完了是吧。"我说："我实在很高兴。"她说："你高兴什么？"我说："和你一起观赏美丽的夕阳，很高兴。"她说："那你可高兴早了，陪我看夕阳的男人多得是。"我说："我不信，我相信自己的直觉。"她说："说真的，我觉得你想多了。"我说："我什么也没想。"她说："我知道你在想什么，但你现在可以出发了，乘着天色还早赶紧去找一个睡觉的地方。"我说："你的地盘这么大，容得下一个人和一匹马。"她说："这是能不能留的问题。"我说："在我看来这不是问题，而是你内心的问题，你要愿意，怎么都可以。"她说："是啊，我知道，但有很多事情你不知道。你快走吧。"我说："好吧，我马上走。"

我有些沮丧，不知道自己在胡说八道什么。我找了一下坦克，它在几百米远的地方低头吃草。它真是一匹让人安心的乖巧好马，我已经舍不得将它还给罗藏旦增了。我心情复杂地坐起来，喝了一口茶，正准备起身去牵马的时候，她幽幽地说，她好久没有这么有闲情逸致了。

"那你在忙什么？"

"我也不知道，有时候一点事情也没有，我却把时间都花在毫无意思的地方。"

"但愿我们今天的和以前的相遇和畅聊，是一件有意思的事。"

"是的，当然是。"她说。她一直在看远处的山脉。那些山脉在天际线上，夕阳现在已经掉落到山脉背后，那一线山脉的边缘描着一条橘红色的彩线，微微地发着光，慢慢变暗。我本来是站起来的，又坐下了。陪着她看了一会儿景色，看着最后那一点余晖被那些群山吸纳掉，这边的气温凉了下来。夜幕正在快速地到来。我们一起将羊群收拢归圈，我顺便牵上了坦克。坦克已经吃得差不多了，它的肚子圆鼓着，我解开马绊，它不再吃草了，紧紧地跟着我，它马上就准备好再次启程了。

我们回到帐篷门口，我重新整理了一下鞍子，向她道别。翻身上马，我朝四周看看，觉得去哪个方向都无所谓，于是我朝狼湾走去。我再次向她挥挥手。我听见她在叫我回来。我以为听错了，拽住坦克细听，的确是叫我回去。

"你打算去哪里？"她说，"那边是狼湾。"

"我想穿过狼湾去那边看看，我的牛可能去吃盐土了。"

"那里是狼湾。"她说。

"我知道，但我不会住在狼湾里，我很快就会穿过去。"我说。

"你还是明天走吧，今晚你就睡在这里，我还有一个旅游小帐篷，我拿给你。"她去拿帐篷了。我下马，卸了马鞍和嚼环，给它打上三脚马绊。我不想用绳子拴住它，我相信它不会跑掉，它已经赢得了我的信任。我给它耳朵周围挠痒痒，它眯着眼享受了一会儿，白玛格妮过来的时候，它在马绊的束缚中迈着别扭的步子离开了。

白玛格妮帮我挑了一块干净平整的草地，她很熟练地打开了绿色的旅游小帐篷，用小铁钉固定了四个角。"我给你拿一床被子。"

"不用，我有睡袋。"

"不要拆开了，有现成的被子。"她说，"你有隔潮垫吗？"

"有。"

"帮我看好羊群，要是狼来了，你就去舍身饲狼。"她笑嘻嘻地说。

"我也可以舍身饲虎。"

"你说谁是虎？"

"虎就是虎。"

"明天早上我就不送你了。"她转身离开。

我知道说错话了，但也没往心里去。脱了鞋进入小帐篷，身后传来脚步声，我来不及回头，身上便被扔上来一条被子。"晚安，小流氓。"她说完便走了。

"晚安，小妖精。"我也不客气地回敬道。盖着明显被太阳晒过的很暖和的被子，我开始在脑海里规划明天行走的路线。我觉得我应该去青海湖乡公用牧场的果日阿仁嵩去看看，那片牧场的偏东北方向再往东，是杂杆岗，与祁连县的交界之地，垭豁海拔4 583米；向北是杂杆龙、果纳峨日龙洼和琼合尼，这几个地方已经属于甘子河乡境内了，再北走的话，就到了俄日盖，上述几地的水系发达——还有杂杆龙的水——均在俄日盖汇合，经拉萨沟，注入大通河。这一代地形复杂，牛群数量也十分密集，但是，我家的牛从来没有到那边去过，所以我有些拿不准主意，到底要不要去找找看。而内心里面，我其实更愿意向东返回，翻过牛头垭豁，沿着红垭豁山一路寻过去，到洪呼日尼哈再看情况。说不定在这途中，我就已经找到牛了。如果没有，那我再去木兰叶赫，去木兰龙贡玛。这一来，我算是在周边结结实实地环了一圈，要是再空手而归，那就该旭尔干出马了。我其实已经非常疲倦了，白天睡的两个小时也只是稍微缓解了一下身体的困意，这会儿躺在被窝里，睡意迅速涌上来，睡着前，我在想白玛格妮。

凌晨一点多，我被尿意憋醒。光着脚跑出去，心满意足地返回时，看见她站在我帐篷门口。我惊诧地"啊"了一声。她身上湿漉漉的，浑身酒气弥漫，但眼睛里的情欲仿佛能把人点燃。"我等了你一个晚上，你没来。你不是流氓吗？你怎么不来，你没有胆吗？"

"你喝酒了？"我扶住她的身子，看清了她头发和脸上的水迹，应该是为了让自己清醒一些而洗脸留下的。她瞪着我。"我好不容易看上一个人，你这个没胆鬼。"

"你再说一遍。"

"你这个没有色胆的小流氓。"

我粗暴地将她推进帐篷里，深深吸一口气，清凉如水的空气中暴躁不安的那一份东西尾随我们进入帐篷，她已经倒在我的被褥上，但固执地坐起来，推我，我一顺手，便光了身子。到这会儿，她又来了脾气，甩掉鞋钻进被窝。我会心一笑，我哄她，让她消气。我轻轻地抚摸她滑溜溜、冰凉凉的后背，我用双手兜住她的屁股，用力捏揉，冰凉饱满的肉感更刺激我心中的燥火，但我克制着。我要让她求我，我要在这个时刻报复她。但她好精明，立刻明白了我的意图，她咯咯笑，伸手下去，握住下面硬挺挺的家伙，套动起来，戏谑地说："哟，好大，好烫！"她那里也同样反应敏感，湿热的气息越来越强烈，她呢喃着，主动起来了。她放得很开，就像昂沁夫说的那样，她知道自己想要什么，她出手后，得到了验证，她兴奋不已。有那么一瞬间，我仿佛真的成了一匹马，被她骑着，尽情驰骋。天亮前那最黑暗最阴冷的时刻，我们裹着被子，紧紧相拥。情欲中的小帐篷安静下来。她闭着眼睛，嘴角抿得直直的，但喉咙里却发出呵呵的笑声，也不说在笑什么。"你一直在笑，是我有什么不对劲的地方吗？"当她再一次笑个不停的时候，我的一只手再次兜住她结实的臀部，在她耳边问。她扭捏一下身子，说：

"你能感觉到吗？"

"什么？"

"我的身子啊，身体的变化。我已经很久没有这样了。"她更贴近了一些，表示了意思。

"哪样了？"

她一瞪眼，干脆利落地在我下身打了一巴掌。"就这样，你再装一下试试？"

天亮了，起来前我们又做了一次。我真的有一种头晕目眩的感觉，我说我要休息一会儿。她哈哈笑：

"我先去给你做早饭，然后去挤奶。你吃完了好好睡一觉。"她精神抖擞地走了，我没有等到她的早饭便沉沉睡去，我感觉自己很久没有好好睡觉了。我醒来时，帐篷的门被拉开着，一阵阵夏季高山凉风吹进来，很舒服。我有些费解，在来这里之前，我真没想到事情会发展成这个样子，不管是昂沁夫和她的关系，还是我感觉受到了欺骗，这些都让我和她有了隔阂，但是一见面，事情却完全朝着不能控制的方向狂奔，没有任何力量能阻止。这个变化让人震惊得表达不出应有的情绪。我其实从昨天开始便一直十分被动，该说的话、该质问的话一句没说出口，还有一种已经被圈养的感觉。我知道这不对，倘若让白玛格妮得知我的想法她会伤心，我能感受得出来，她对我付出的感情虽然渺小但却是结实的，经得住敲打，如同一颗铆钉，准确无误地钉在我心上。我望着外面的景色，觉得自己身处在一间精致小巧的房间里，外面是一个巨大的景色宜人的阳台，有一个袅袅身影渐渐走近，直至完全占据我的视线。她笑吟吟地看着我。

"小流氓，休息好了吗？"

"睡得很舒服，谢谢你，女流氓，你释放了我存储已久的焦虑和不安。"我快速穿好衣服，一转身，在她唇上吻下去。我们亲吻了几分钟，她拉着我去大帐篷吃饭。满满一矮桌的菜，腾腾冒着热气，一大碗白米饭，一瓶啤酒，她将我推到上首坐下，端来一碗茶，脸红红地递给我。我秒懂了她娇羞的含义，这会儿的她，像一个刚刚过门的小媳妇。我大大咧咧地接过茶碗，喝了一口，粗壮地嗯了一声。她嗔怒地瞪我一眼，又将米饭和筷子递给我。我们玩这样的游戏，一顿饭吃得喜滋滋的。等我想到时间的时候，已经是下午三点了。之所以这样，是因为我们又疯狂了一次，这次我占据着主动，我甚至让她流泪了，心里感觉到一股豪气随着精液射进她体内。我问她感觉怎么样，她四肢紧紧缠绕着我，用这种肢体语言回答。

我们去坦克那里，牵着它去饮水。她一直牵着我的手，什么也不在乎，脸上是一种幸福健康的气色。我突然想起她昨晚是喝醉了的，但后面的时候，又好像一点没有醉。我很好奇，想问，又怕她生气。但我还是问了。"昨晚你真的喝醉了？我根本没看出来。"

"我当然醉了，但很快就醒了，不行吗？"

"行，行，怎么不行，但是你的酒醒得也太快了。"

"因为你厉害啊，这下满意了吧。"她看准时机，狠狠地踩我的脚背，我疼得跳开，骂道：

"臭婆娘你疯了。"

"谁叫你不知好歹,你知道我昨晚为什么吗?"

"我正想问呢。"

"我告诉你,昨天是我儿子的忌日,但我忘了,到了晚上,就是我给你被子回去后,我换衣服的时候,看见箱子里面的照片才想起来。我当时气死自己了,但转眼一想,真的没必要,逝者终究是逝者,我放不下干吗呀,但心里还是有些难过,于是我就去给他烧些钱,我怕他在那边缺钱,你知道吗,以前我梦见他,他说缺钱,那以后我常常给他烧钱。我在地上画一个圈,烧在里面。烧的时候,要念叨他的名字,不然这钱他收不到。这是一个老太婆告诉我的,她是我们这里的神算子,就没有她不知道的。我找冥币,但是我带来的冥币都已经用完了,我挣扎了好一会儿,还是决定给他烧真钱,我觉得既然冥币都在那边能用,那么真钱一定更值钱。我烧了三千块,把我心疼死了,我一边念叨他一边骂他败家。活着的时候是个败家子,走了也一样。烧完以后我心情更不好了,正好有一瓶酒,我就喝了半瓶。真的是半斤,43度的青稞白酒,我来找你之前在外面走了一会儿,因为胃里不舒服,走着走着就感觉醉了,我回来用冰水洗脸,然后就莫名其妙地想到你,我想,这小伙子原来是一个窝囊废,这么好的机会放在眼前,却无动于衷。我又开始怀疑自己的魅力,我开始想到我真的老了,脸上也没有胶原蛋白,一副皱巴巴的样子，难怪你不喜欢，我对自己的犯贱生气，站在外面我想平缓一下心绪，这时候你匆匆忙忙地跑出来，我一愣神，你抖抖索索地转过身回来，我想躲已经来不及，索性就问个明白。"她一口气说完这些话，拉我的手坐在河边，我们看坦克喝水。过一会儿，她身子靠过来，倚着我。她显得很疲倦，片刻后便睡着了。我想她应该以这样的姿势睡了半个小时，之后我也开始犯困，我轻轻地搂住她，一起躺在草地上。阳光很刺眼，我将帽子盖在她脸上，我侧着身子，从帽子下看着她的小半边脸。是的，她说得没错，细看的话，她的皮肤真的不好了，粗糙、松弛，也不白净，都有一些，可这真实得令人踏实，一目了然。我就这样定定地看着她的下半个下巴和一只耳朵，看着她耳朵上紫色的水晶耳环，看她的浓密的头发的线条，那处在边缘的发根和比脸颊白得多的细腻的脖颈儿。

我放开了坦克的缰绳，它要吃草，总是拽缰绳，力气又那么大，我怕把她弄醒了。我相信它不会逃跑，我们已经配合得很默契了，好些时候我都以为它就是我的马，不过也差不多，回去后我将找罗藏旦增，再高的条件也要将坦克留在我身边。然后，我也应该把白玛格妮留在我身边。但这不现实，太不现实。我的担忧是很快这里的人都会知道我们的关系，她居住在此，却能勇敢面对，我又怎能退缩？即便是传到我那边的草原上我也不担心，以前这种谣传也不是没有，哪个牧人没有一些绯闻呢？我担心以后怎么办？我们的关系就是这样吗？当然，肯定是这样，不会有意外，不会有冲动，这些我们都不想要。我意识到以后我的软肋可能就在这里，我已经开始痛苦起来了，因为我以前没有爱过任何女人，但我现在知道，我爱上她了。我几乎是太知道了，心里的那股劲儿，使我震惊，也让我害怕。而且，我也简直有一种新生命起点的感觉。我的内心丰富啊……我亲吻她的耳垂。她睁开眼睛，我们热烈地接吻。在这柔软的草地上，在富有节奏的河水流动声中，我们激烈地做爱，尽情享受性爱的欢愉，忘乎所以。是真正的忘乎所以、前所未有的体验，我们长久地彼此温存，抚摸彼此的身体，贪婪地占据每一寸空间，不愿意舍弃一丝一毫的欲望。我们丰富着彼此，交换、上升至精神的高潮，她一次次颤抖、嘶吟，如母兽濒临死亡。

我们又度过了一个美妙的夜晚，几乎没有睡觉，我们舍不得睡觉，我们的欢愉那么多、那么纯粹，而又那么炽烈。我有很多话要和她说，而她也是。即便不说话，我们静悄悄的，也仿佛说了无数，丰富的交流无时无刻不在我们身体内循环往复。

天亮了，她去给牛挤奶，我去给她放牛犊。但只挤了一个母牛之后，她不挤了。她说：

"我要给你做早饭。我不想让别人看见你放牛犊，不想让别人看见你。"

"你是担心对我不好？"

"没人说我,即便说了我也听不见,因为没人敢当面说我。我一个人什么也不怕,但是你不一样,你有家庭。"

"我也不怕,让他们看去说去,我就是要告诉所有那些打你主意的人,从今以后,你是我的。"

"傻,我是什么名义的你的呢?情人吗?如果是情人的话,你说的这个就不成立,因为我可以有很多个情人。"

"我不许你有别人。"

"我打个比方,而且,你又有什么资格要求我呢?"她半真半假地说。

我无言以对。痛苦的、嫉妒的、绝望而莫名愤怒的情绪升腾不息。我努力抑制着不让她察觉,但脸上一定很阴沉。

她说:

"我这么说虽然残酷却是事实。首先,我是一个独立自由的人;其次,我不是你的妻子,没有义务对你忠诚。但是,我既然现在和你发生了关系,那么我就当自己是你的一个什么人,是情人也好,是爱人也罢,我答应你,我以后,直到我们结束,我只会有你一个男人,绝不会有第二个。这里,你可以信任我。"

她穿着挤奶的蓝色大褂,提着木桶,一身牛奶和牛腥气息走到我跟前,脸上是平静温和的微笑。她碰碰我的胳膊,说:

"怎么,很不满意?那你说,你要我怎么做?"

"不是那个意思，我，我很抱歉。"

"别道歉，我就是你的。你说得对，傻瓜。如果你连这点占有欲都没有，我反而会很失望的。谢谢你没让我失望，我在你那里这么重要我很高兴。"

"你对我已经特别重要了。"我听见自己的声音还在说着一些平淡无奇的话，软弱无力地想要表示什么，却更显得愚蠢。白玛格妮一副我知道的样子，朝帐篷走去。行动麻利地脱去大褂，放好挤奶木桶，她洗了手，开始做早饭。我检查了炉火，添了干牛粪。坐在已经被她打扫得干干净净的毯子上，胳膊肘子支撑着小矮桌，看着她。她立刻感受到了，回头也看了我。那双妩媚的仿佛在说情话的眼睛轻而易举地勾动了我的欲火，我差点就跳起来扑向她。

她嗔怪地说：

"你老实点，你再这样饥色我就生气了，难道你对我就只剩下这点事了吗？你好好坐着，我跟你说件重要的事。"

"我没有饥色。"我摁住蠢蠢欲动的身子，假装一直都在正襟危坐。但她说重要的事情让我有些好奇。

"昂沁夫你认识吧？就是你们那里的人。"

"我当然知道啊，他是我邻居。去年不是来收购你的羊羔了吗？哦，你们还吵架了。"我心里的一股火气腾地烧起来了。

"何止吵架！我们几乎打起来了。但那是白天的事情，他晚上又跑来找我了。"她端过来一碟油饼，然后在炉子上放了一个小铝锅,倒进去一些牛奶。"你想吃酸奶吗?"

"他晚上来干什么?"

白玛格妮满含深意地觑一眼,果断地说:

"说是来道歉,说还是想要我的羊羔。然后他冲进来,强奸了我。他好大的胆子,你知道吗,当时我可是手里端着枪的,枪里也有子弹。从来没有人敢这样对我,但他这样做了。"

我脑子嗡嗡地鸣响着,想极力听清楚她后面在说什么,但耳朵里的声音越来越大,她的声音越来越小。但我能看清楚她的脸,她的表情很奇怪,不是愤怒,也不是羞愧,更应该是对这件事情的不可思议和一种连她自己都没有察觉的钦佩,还有一点欢欣。我绝对没有看错,她流露出了那种表情,似乎对他的强奸,她其实并无恶感,而且还因为一个男人面对一把枪的威胁依然敢冒险出手而倍感赏识。这是她的魅力的无可阻挡的体现。她还在说。她的表情尽管在严格控制但还是一点点地出现回味的样子。

尽管我早已知晓这件事,但是当她亲口说出来时,我还是表现得很差劲。我使劲搓动耳朵,拉扯耳朵。我拍了几下脸颊。

"你怎么了?"她停下说话。

"耳朵突然耳鸣,太吵了。"我说。

"怎么突然耳鸣了?是正常的那种吗?"

"应该是。"

"那你听见我说的了吗?"

"听见了。你被昂沁夫强奸了,但你不恨他,你反而很享受,你好像很渴望再被强奸一次。"我说。

"是吗?你是这样理解的?"

"不是我理解的,是你的表情告诉我的。我不需要费心去理解。"我说。她没再说话。我也不说。我好像很从容地喝完了那碗茶,但没有动油饼。然后我提出告辞。她也很客气地说好的。

"羊羔我过些天来赶。不会超过十天。"我说。

"可以的。但快一些的话更好。"

我背着马鞍去了坦克吃草的地方,离着帐篷有五六百米远。我背对着她,越走越远。刚开始,她站在帐篷门口,看着我。不过很快,我感觉不到她的存在,一扭头,她果然不在了。我突然觉得很奇怪,就这么着,我离开她了。我好像被暴晒了几天,形成了另一个样子,身体上的疼痛一点一点地还在深入着,并且越来越苍白。

给坦克备鞍,整理好了缰绳,我翻身上马离开这片营地,直到快看不见她的帐篷,我都没有再回头看一眼。我不停地驱赶着心底的苦涩,骑行得越来越快。滚滚的夏风吹起来了,天上的云朵一块块褪去,留下的是幽深的空洞。

# 第十二章

我有点颓然,漫无目的地走着,与一头母牛迎面遭遇。不知道是孤独中我的脆弱裂开了一道缝隙,还是我真的动心了,反正我一下子相中了她。她是一头特别漂亮的母牛,她没有犄角,从额头直至鼻孔有一片呈长方形的白毛印记。她正是成熟的年纪。我突然觉得她很眼熟,接着我就想起来了,怎么能不眼熟呢,她可是和我交配过的呀,那大概就是去年这个时候吧,我在外面晃荡,忧心忡忡地觉得那仁快要找到我了。我在一个牛群里隐藏了半天,然后看见了她,我喜欢她。在一种糟糕的心情下我缠着她,很凶残地制服了她。我一连跳到她背上三次,给射进去大量的精液。她没有享受到什么,因为她比较瘦弱的身躯需要集中全部力量,才能承受住我的重量。

现在我又看见她了。她怀有身孕,并且即将临盆。有那么一瞬间,我居然对她生育的兴趣超过了她本身。因为我突然意识到原来自己还从未好好地、细致地观察过一个生命降临的完整过程，以我对生命的敬畏，这是不可原谅的罪过。好在我马上就有一次弥补的机会。

我跟在她的屁股后面，她已经把我认出来了。我想说你认得我吗？但我什么也说不出来。我的口腔里好像建筑起来一面大墙。

我依稀记得她叫阿姆。她对我跟踪她非常不满，说："你跟着我干吗？"我点点头，拉开了一点距离。不久后，我发现了异常，她相当突兀地寻了一块平地，嗅了嗅，卧下，然后她开始产犊了。

但也仅是我一愣神的工夫，她便已经生下了。

阿姆自己也糊里糊涂，还在积攒着劲道，还在按照规矩一步一步地慢慢来，她还没完全准备好，孩子就已经生下来了。这个孩子也许是她有生以来生产最顺利的一个，今后可能也是。阿姆起身转过来，我也凑上前去，和阿姆站在一起，端详脚下那细弱的小东西。抛开阿姆的想法不谈，我几乎就是呆掉了，从来没见过一头牛会这么小。哪怕再小也到不了这个地步。这小东西根本不算是牛，他比小羊只大那么一点点。这么说吧，他和我的一个蹄子差不多。我以为他是流产的，是个死物。这时候他动了动。阿姆用舌头，用头轻轻地拱着他，使他处于最合适站起来的姿态。但他没接着再动，眼睛也没有睁开，他的脑袋紧贴在地面上，浑身湿漉漉的。不过只是暂时的，很快被阿姆舔得干干净净。他那么小，而阿姆的舌头又那么大，没几下皮毛便似黑色绸缎一般。他挣扎了几次也没能站起来。阿姆不停地给他打气，为他加油，让他万万不要放弃。

我站在一边，仿佛回到了那年的那个上午，我的母亲也是这样鼓励我的。她的舌头的热度至今在我身上温存。我的眼睛湿润了，迷蒙中，我似乎真的听见了母亲在我耳边呼唤我，她在用那宽厚温暖的舌头舔舐我……

阿姆想尽了办法，那个小东西还是站不起来。在我看来他极度虚弱无力，离死也不远了。阿姆眼看无果，倒也镇定。伟大的母爱激发了她的聪明才智，她绕着他转了几圈卧下，卧倒在小家伙近前，接着她又费了一些时间才把乳房对准小家伙的头部，她发出一种近乎低泣的召唤之音。在这种声音传递给了他之后，小东西费力地微抬起头，咬住了摩擦着他鼻子的一只乳头，渐渐地，他的喉咙欢快地滚动了，眼睛费力地挑开了一条缝，他的眼神凝聚到母亲身上，一眨不眨。阿姆也怔怔地注视着儿子。

我在阿姆身边逗留了五天，她每天分八九次卧下去给小家伙喂奶。阿姆的奶水跟当年我的养母的奶水一样多，小家伙吃不完，奶水涨到一定程度后，便像溪水似的自动流淌下来，渗入灰黄的细土中，细土染成黑褐色，在阳光下渐渐干硬，但仍然能轻松闻到幽幽的乳香和腥腥的泥土味。经过五天五夜的养精蓄锐，小家伙终于站起来了，腿细得跟万年蒿的草秆似的，但他一站起来，就再也没跌倒，这一点远比我强。阿姆高兴地对我叫，拉着长长的橘红色的舌头将儿子舔得一尘不染。除了幼小，他总算变得像一头牛了。

我欣赏小家伙的顽强，但是看着看着，心底掀起巨大的波澜，因为我在小家伙身上看到了自己小时候的样子，除了他比我更小之外，我几乎以为他就是我小时候，除了眼睛，我们长得太像了。他躺着的时候看不出什么，但此刻他站着，努力把头抬起来，看向我，我和他四目交会，这一刹那，犹如时光回眸，我看到了自己和自己的对视。再清楚不过了，再明白不过了，原来他是我儿子呀！我心心念念想要有后代，原来他在这里，并且我亲眼看见了他的出生。我看到自己的儿子出生了……我有千言万语，奔涌到喉头，却只发出一声深沉而悲悯的哞叫。我知道自己流泪了，在哭。阿姆诧异地看着我，不明所以。我走到小家伙旁边，和他站在一起面对阿姆。阿姆终于明白了，"你就是他阿爸！"她叫道。

我使劲地点头。

"你怎么不说话？"

我摇头。再摇头。

"你不会说话了？"

我使劲点头。

"真糟糕，你这么壮，为什么你儿子这么弱？"

我摇头，哞叫一声。

阿姆泄气地说：

"算了，你也指望不上。"

我使劲摇头，我想告诉她我指望得上，这个世界上，她们再也找不到比我更可靠的亲人了。我刚刚失去所有的亲人，可马上又有了亲人。我有儿子了。我不知道这意味着什么，因为我打算自由自在地去生活，可突然羁绊出现了。我没时间去想这些，当务之急是保护好他们。而且，儿子可真是孱弱啊，他要怎么活下去？

儿子站起来后再也没有倒下。他可以慢慢走路了，歪歪扭扭的，跌跌撞撞的，他跟着母亲。我带着他们母子，往人迹罕至的沙漠里走。

一路上，我和阿姆齐心合力，开始了对儿子的训练。但他那个惨样啊，简直叫我看不下去。我心疼儿子，哞哞地鼓励他。我想了许久，决定给他起名，叫大壮。我希望他越来越健壮。

我哞哞地叫着他的名字。

阿姆心情不好，长时间不发一言。我想安慰她，但她陡然绷紧的神经和畏惧的眼神无疑说明，她凭着直觉已经感知到了危险。我不知道她感知到的危险是不是我带来的，但我知道我该走了，我必须先离开他们母子，为了他们我要将身后的危险都处理好，我必须要做到万无一失才有可能真正地保护好他们娘俩。我已经想清楚了，在有了儿子的一瞬我就已经想清楚了，跟那仁报仇，去他妈的吧。跟儿子比起来，报仇算什么呢？跟他们娘俩的安危比起来，报仇算什么呢？我相信母亲在天之灵，会高兴我放下了，更高兴我有了后代。

我们断断续续走了一天，终于将他们带到了沙漠中的那片小绿洲。这儿远离人群，甚至远离狼群，是目前对她们母子来说最安全的地方。

大壮的坚韧让我欣慰又心疼。一路上我悄悄观察，我想知道大壮是否和我一样，生而知之。但我看不出来，他表现得和一头正常的小牛犊没有任何区别。我回想自己，好像也差不多。除了眼睛，我和他没有任何区别。但大壮的眼睛是他母亲的眼睛，不是我的眼睛。

不知不觉，我又耽搁了两天。直觉告诉我那仁快要到了，于是我哞哞地和阿姆说了好多，她什么也没听懂。我急得直打转，前所未有地恨自己，因为我觉得正是因为我不断暗示自己与众不同，才会失去和同胞的交流能力。这一枚苦果，是我自己种下，自己吃了的。

我蹭蹭大壮，又蹭蹭阿姆。她似乎知道了，说："你要走了吗？"我点点头，又摇摇头。她说："你走吧，我要把孩子养大。"我点点头，再点点头。我把头朝着脚下晃啊晃。阿姆低头看看草地，又看看我，说："你的意思是让我留在这里？"我使劲点头。阿姆认真思考了一会儿，说："好吧，尽管不知道你什么意思，但我们会留在这里的。"

我一步三回头地离开了阿姆和儿子。既担心他们的安全，又担心回来时找不到他们。

那仁来得比我想象的还要快，他骑着一匹我没见过的大黑马。这匹马大得已抵得上两匹一般的马了，是我见过的最大的马。那仁骑在上面犹如半截焦木。他戴着一顶红白色的鸭舌帽，由于遮阳的那块太长，盖住了他全部的脸，看不清楚，只有下巴最尖的那一块有些亮度。

他一瞧见我便开始实施策略，为了防止我继续逃跑，他远远地迂回了，他以为我没看见他。他朝蒿草丛走去，并很快把自己掩护起来。已很难发现他了。不过他总是要到我身边来的，截住我的前路，要不就猛然蹿出草丛给我来个突然袭击。的确，假如没看见他我少不了会挨一顿胖揍，就像以前一样，被打得头破血流，失去先机等于失败。这次好在我占得了先机，也远离着易被袭击的蒿草，我有信心这次头部不会挨打，我马上就往回跑。

我跑出了几百步，进入蒿草丛中时，恰巧那仁出现在我刚才站过的地方，他打马奔腾而来。我也更加卖力地奔跑。遗憾的是在奔跑这方面，我作为牛有着先天缺陷，始终是跑不过马的。我跑出去三四千米，离开了蒿草地，在即将进入真正的矮草地时被那仁撵上来了。他没有像前几次那样抽出别在腰间的"乌尔朵"放上石子儿挥动起来，我尤其注意到他居然没有拿打狗铁锭。这种情况极其罕见，甚至不正常，那铁条像他的命根子一样重要，如无意外从不会离身。我的心思活泛起来，猜测这家伙出了什么事，直觉告诉我他的情况不乐观。这一刻我很开心。只要他不好我就开心。由于高兴，对他扔过来的几颗石子也选择忽视。那仁有史以来头一次没有赶尽杀绝，当我毫不吃痛地挨了五颗石子后，他住了手，信马由缰地跟着我。

凌晨，我和那仁以及大黑马翻过了曲陇的下垭豁，到了山脚下。那仁的牧场到了。

那仁丢下我回到小房子里去。我站在牧场里，站了几个小时，我在思考今后的路。可以说，我的后半生的轨迹已经发生变化了，责任沉甸甸地压住了我，我并不是很适应，可我的内心却那么欢喜。一想到有了一个真正的妻子和儿子，我就浑身发抖，我没想到这件事对我的刺激会这么大，直到这会儿，我才恢复理智，但也更加急切地想办法了。我要离开，是真正的离开，再也不会被找到的离开。假如，我又被找到了，那我只能豁出去，和那仁来一个你死我活。这次，我势必要得到自由。

天快亮了，宝音走出小屋，走向牛挡去挤奶。接着那仁睡眼惺忪地出来，给宝音放牛犊。宝音说：

"两头牛犊拉稀了。"

那仁说：

"别的怎么样？"

"还正常，但过两天就难说了。你还是全部都药一遍的好。"

"唔……这些畜生……'丙硫'在哪儿？"

"药箱里呀，还能在哪儿。"

"那药箱在哪儿？"

"床底下，床底下。"她嚷嚷道，"你不是前几天刚给马打了针吗？"

"我哪知道你又会放到什么地方？"他朝小屋走，一边回应，"你那么能倒腾，我哪知道？"

"你先点着了炉子再来，把奶子锅搭上。"

"不烧茶吗？"

"等奶子热了再烧。"

那仁进去没一会儿，宝音提着挤奶桶也回去了。几分钟后他们一同出来，那仁拿着一个灰色瓶子的药。那就是"丙硫"，一种可以预防和控制很多病的药，它最大的特点是可以打掉牛羊肚子里的各种虫子，而且相当有效。我每年春秋各吃一次，对此熟悉得很。而且因为我壮，吃得就比别的牛多，别的牛吃十片，我就是二十片。

那仁在手里数了一些药片，大概有六至十粒，我在牛犊的时候吃的也就是这么多。这药片嚼起来有一种大葱或蒜的味道，算不上难吃。宝音提着一大瓶水，用来把药片冲下去。谨慎小心的人都会这么做，他们怕牛犊把药片吐出来，所以就用水冲下去，一直冲到胃里。

他们先从小白牛犊开始，它拴在左起的第二个位置。那仁将数出来的药片装进裤兜里，把药瓶扔在地上。可能是连续拉了几天或更多天的肚子，小白牛犊力量薄弱，很轻松被按倒在地，然后他把左手从牛犊嘴的一边伸进去，它的舌头被用力地按在天花板上，接着它就不由自主地张开了嘴，那仁瞅准机会把药片丢进它嘴里，宝音紧随其后地倒水，由于倒得太猛，连牛犊的鼻子里也进去了不少，牛犊被呛着了，剧烈地蹬腿挣扎，那仁放开了牛犊。小白牛犊起来后一个劲儿地摇头，但并没有漏出一片药来，说明已经全部吃进去了。他们转而把拴在第一个的那头比小白牛犊大得多的牛犊拧倒，继续重复刚才的程序。

我看完他们喂药，心事重重朝着牛群走去。同胞们看见了我，齐齐张望，不知道什么意思，它们都有一种惊慌失措的样子。

# 第十三章

有一天，旭尔干认识了一个叫塔拉塔娜的女人，应该是在半年多前的穆勒赛马会上认识的（那段时间他独自行动）。这个女人，我不知道她使用什么方法让旭尔干重燃希望。但我想，大概，也许是她那温婉的性格起了很大作用。她和人说几句话，就能让人舒展开心扉，得到一种叫宁静的东西。我很感激——我们全家都很感激——她能够青睐旭尔干。自从和她交往以后，旭尔干动不动——尤其是近两年——乱发脾气的毛病不治而愈。他已年逾五旬，岁月对他剐蹭得比别人更狠。多年来，他感悟到一些东西，并以此总结人生。他戒了很久的酒又开始喝上了，并且次数逐渐增多（幸好出现了塔拉塔娜）。"生活摧残了盲目，我遥不可及的是幸福！"有段时间，他酒后的哲学家般的感慨着实叫我刮目相看。他是说他的过去，还是现在或未来？只有他知道。不过我觉得，从他如今的状态来看，更像是在感怀过去。

经过几个月的热恋，等双方差不多了解到最适合结婚的阶段，他以倒插门的身份去了塔拉塔娜家，算是把自己的后半生彻底安顿下来了。他和塔拉塔娜，还有她的母亲住在草日克，有千亩草场、几头牛和百多只羊。他们的婚礼简单而温馨，见证者都是最亲的人。

对于这件事情，阿爸非常高兴。这些年他嘴上不说，但这个弟弟的状况委实叫他费心不少。现在好了，两个经历过感情创伤的中年人经过深思熟虑走到一起，显然是打算白头偕老的。他真是放下了一块心病。

我们给他的"嫁妆"是一辆崭新的摩托车和四头带牛犊的母牛，以及二十五只母羊、二十五只羊羔、四十只羯羊，共九十九样，取长长久久之意。这是阿爸的意思。

他去过自己的新生活了。他这一走，猛然间我还真不习惯。我俩这些年一直吵吵闹闹的，总看彼此不顺眼，一天不吵浑身都不舒服，就像没有宝音在家里进进出出的忙碌会感到冰冷，没有了他的叨叨顿时觉得无趣得很，干什么都缺了劲儿。我相信他也会有同感，毕竟吵架不是单方面可完成的。在适应新生活这方面——某种程度上我也是在过新的生活——他会比我适应得好，因为他在蜜月期，眼里只有爱人和甜蜜。等过了蜜月期就自然而然地适应了。而我却不同，第一，我没有新婚，不是蜜月；第二，我还得适应没有拿到钱而突然减少了近一百只羊和近十头牛的痛苦,尽管我一点也没有因为给了他近一百只羊和近十头牛而不高兴——宝音甚至觉得以旭尔干这些年的辛苦来看还给得少了——但羊群的锐减是事实,也是我每天都要面对的问题。怎么把这个缺口补上成了伤我脑筋的难题。

旭尔干走后一个月,我和宝音去看望他。我们到时,他正在清理羊圈,这是一件非常耗力的体力活,显然塔拉塔娜和她年迈的母亲都不能胜任,只好一直留着,年年积攒,等待一个合格的壮年男人来干。旭尔干无疑是符合的,他干得兴高采烈。塔拉塔娜在一旁搭把手。我的运气不好,稳稳地撞到了枪口上。看见我这个劳力,可把他乐坏了,笑得异常欢快。整整一栋羊棚和一个羊圈的羊粪,其厚度超过了一尺,一铁锹铲下去,用力一掀就是一大块,等晒干了,绝对是绝佳的燃料。到了下午四点钟,他让两个女人去做晚饭。剩下的多半个羊圈我俩干得满头大汗也愣是没完工。

他说:

"行啦,剩下的我抽个空,一个下午就搞定了。"

"明天不行。"

"我知道,回来我再翻。"

为了犒劳我们的劳动,也为了欢迎我和宝音的来访。塔拉塔娜做了一顿格外丰盛的晚餐,还有一瓶青稞酒。点灯时分,在他家那间二十年前的老房子客厅里,我们围坐在炕上。塔拉塔娜和宝音坐在炕沿上，炕桌不小，但也摆满了碟碟碗碗。黄菇炒鸡、羊羔肉盖被、青椒炒牛肉、白菜粉条……还有几个凉菜（显然是从镇上买来的）。大菜都冒着热气，香气扑鼻。

如今他独立成家，我们是两家人，是亲戚了，相互客气了，气氛融洽。

吃菜喝酒，剩余的最后一点乏气消残，我晃晃眼睛里的模糊东西，又想起了她。这已经是我回来后第多少次想念她了？无以计数。我当然没有再回去收购她那群羊羔。所谓的十天，我们都知道只是一个托词。我们都需要有这样一个后续的理由让当时的分别显得更淡然从容。

我想起来昂沁夫。我已经两个月没有看见他。

我寻找他是为了和他说话，更准确地说是为了在他的话语中寻找我需要的信息。如果我得不到我想要听到的信息，我可能要自己创造某些信息去引导他。我跟旭尔干说：

"你觉得昂沁夫最近是不是有事瞒着我们？"

旭尔干巡视了屋里的众人，冒着热汗说：

"他当然有事，无论如何他都有鬼。"

我想起来格妮的枪，我几乎认定昂沁夫的鬼祟一定是和那把枪有关系的。可是我也知道，眼下的情况，还是不应该说枪的事，尤其不能在宝音面前说。我看看宝音的样子，今天头发有点乱糟糟的，脸上无光却被灯光打扮得有种粉质的美。她是屋里最漂亮的一个。

一直陪着我们笑呵呵安静坐着的老母亲,不知何时悄然回自己的小屋睡觉了。两个女人喝得耳红,坐到炉子后面,光明正大地私语去了。我忧心忡忡,悄声说:

"我猜,他可能打猎去了。他有枪。"

旭尔干说:

"他有什么枪?"

我说:

"我不知道,但我肯定他有枪。"

旭尔干说:

"他自己说的?"

我说:

"不是。"

旭尔干说:

"那是谁说的?"

我说:

"那你别管,反正不是你认识的人。"

旭尔干说:

"我不认识的人说的可信吗?"

我说:

"当然可信。你以为你是谁?"

旭尔干说:

"那好吧,他打死了什么东西?"

我说：

"我怎么知道，应该是狗熊还是棕熊这种好东西吧，说不定还是雪豹。你知道的，他们有出手的渠道，你知道早年枪没有被政府缴收的时候，老哈图没少干这种事。"

旭尔干嘴张得大大地喝了一口红酒，说：

"他们赚了害命钱，会遭天谴的。不过，也真狗屁，他们现在活得越来越好。"

我说：

"你也别诅咒他们。"

旭尔干说：

"我有吗？"

十二点一过，宝音走过来说，该回去了。旭尔干说不住下吗？但他很清楚，宝音绝不会住在别人家里。旭尔干这时候成了别人家，让他有些伤心。但我们都没有接着说这个。我悄声嘱咐他，有关昂沁夫的消息，第一时间告诉我。他漫不经心地应了一声，最后说：

"那仁，你这么关心昂沁夫，一定有别的事情，我知道你。"

回去的路上，摩托车因为气缸里出了点问题，声音尤为难听，似乎减震也比之前更硬了，颠簸得很厉害。也有可能已经坏了。我思来想去，还是要去找昂沁夫的。这是不能躲避的事情。我要搞清楚他们之间的事情，更要搞清楚昂沁夫有没有再去找她。我想，我可能更在乎的是后者。我喝了点酒,急于把事情搞清楚,有一种想立刻去找昂沁夫问个清楚的冲动。这股冲动使劲在手上,摩托车越来越快,在这条凹凸不平视野不好的野路上,车子连续弹跳了七八次。宝音在后座惊叫,大声骂起来:

"你干什么?你疯了吗?"

我松了油门,故作轻松地说:

"抱歉抱歉。"

宝音说:

"神经病。"

我没有生气,反而希望她骂得更狠。她骂得越狠,我越是觉得轻松,我会在心理上减去一点负担,然后将要去做的事情做得更认真。

翌日一大早,我和旭尔干在大曲陇的路口会合,一起去找尕海边的麻库才仁。这人,待人实诚热情到让人怀疑他是假装的,但其实他是真的。他很好,有时候,他也发脾气,但发完之后就更好了。我们找他想了解了解他要出售的一匹小走马。旭尔干和那些老一辈的人一样,到了一个年龄段,突然中魔似的喜爱走马了。但我兴趣不大,我陪他去看看。

到了那里,麻库才仁满是疙瘩的红脸展开自然而然的笑容。因为胖,灰色西服的所有纽扣都起不了作用,他的肚子向外敞开着,一件极旧的衬衫也有下面的三个纽子是扣不上的,好在衬衫够长(从未见过的长衬衫),肚皮肉露不出来。这么胖，麻库才仁还热衷于走马。一匹好的走马于他而言比美食和美色加在一起还要有诱惑力。麻库才仁遗憾自己骑不了走马，但他可以让儿子骑，他的儿子也算不负寄托，长着一个能压得住走马的屁股，想不成为一个好走马骑手都难，如此一来麻库才仁的兴头就更大了，喂养了三匹走马，不计成本地饲养着。每个赛事上都可以看见高高壮壮的他和矮矮壮壮的儿子。

他对马的疼爱出了名，人们都叫他"莫日艾敉（蒙古语：马的父亲）"！

麻库才仁带我们到了房后的一块地上，他让儿子骑着最小的那匹马去跑一圈，让我们瞧瞧。他气喘吁吁地不愿意再往前走几步，就地坐下，靠着一大簇蒿。他的胖实在叫我警觉，随后庆幸，我虽然体重年年有所增加但离真正的肥胖还是很遥远的。只要注意运动，相信不会变得像他这个样子。我又联想到阿爸，觉着他恰到好处的瘦真是八辈子修来的福气。

他儿子骑的这匹马不咋地，旭尔干当然看不上，说这小不点，怎么跟瘸腿似的？麻库才仁说怎么说话呢？你家的娃娃能跑一万米？旭尔干说就没有再好一点的吗？麻库才仁说当然有啊，但他不卖。旭尔干说那还说什么，他只要最好的。

我们在麻库才仁家吃了一顿午饭才返回。

旭尔干骑的马原来是塔拉塔娜用死去的丈夫的一匹好

马换来的。旭尔干说这匹马刚来的时候特别乖——他好像亲眼所见似的说——不管怎么欺负它都没意见，备鞍也不用打马绊，随便骑着走，短路连嚼子都不用，有笼头和缰绳就可以。路上见了塑料袋、死去的畜生等东西也不受惊，真真是格外适合没有男人的塔拉塔娜。然而和大多数心里有数的马一样，慢慢地它摸清了门道，随即调整了自己的态度，不知从何时开始变得一惊一乍的了。到了某一天，她连骑都骑不上去了。它变得比儿马还要坏。

如今这马好日子到头，落到了旭尔干手里。"看我怎么收拾它。"这是旭尔干总结了这马过去几年舒坦的日子后说的狠话，瞧那架势是要剥掉它的一层皮。但我对此嗤之以鼻，他的骑术和他的狠话差远啦，我觉得他有可能会摔得很惨，但这话我不能说出口，要不然我俩又得吵个半天（他从来都不承认自己的骑术有什么问题）。不过退一步说，他即便骑得再不好，也坏不过他老婆吧？我倒是挺有兴趣他要怎样驯服它。

他骑着这匹马，注意力高度集中在马的反应上，稍有不妥立马收紧嚼子，勒令它停住。过不多久，他说：

"今天又骑了一天的马，刚才我的腿抽筋了。"

我顺着他的话说：

"可别怪到我的头上，你干的活是你自己家的，与我无关。"

他有感而发地说：

"你婶子这几年一个人不容易,很多事情她都做不了……又要照顾老人,太辛苦了。"

"现在好了,有了你,一切都不是问题吧?"我说。旭尔干历经多重伤痛后能找到一个归宿,让他再次焕发无限的活力,我打心眼儿里为他高兴。

他瞥了我一眼,仿佛在责怪我说的都是废话。他下了马走路,他的腿是不怎么灵活了。我倒是相信他的腿抽筋了。有时候,即使他什么也没做,安安静静地睡着觉,做着美梦,那抽筋说来就来,大半夜的鬼叫,让我们都睡不好觉。他这毛病,补钙补了无数,没用,像女人的月经一样每月都要来一回或是几回。而且极其容易连着来,稍有不慎就来了,吓得他常常一动都不敢动。

我们上了旧的环湖公路,在三岔路口也就是零公里那里稍事休息,然后接着走。有一些问题——自从他成家后——一直咬着我的心尖,不拔出实在难受。这会儿没什么事,于是我问他:"你跟小婶说过你的过去吗?"

"她是知道的,要不怎么会盲目地和我结婚?"

"不。"我说,"我说的是你的那些古古怪怪的女人的事。"

"女人就是女人,怎么是古古怪怪的了?"旭尔干脸色变得黑黝黝的,他僵着身子,粗暴地说:

"我的事儿这里谁不知道,你什么意思?"

"你发那么大的火干什么?都是过去的,已经和你没关系了。"

"没关系你提起来干什么?"

"我就是有些好奇嘛,难道小婶就没问过你?"

"像你这样的八婆哪有那么多?"

突然冒出来的这个新词叫我一愣,瞬间有点迷糊,但我马上就愤怒了,冥冥中我感到一种奔我而来的"扣子",几乎就是锁定我了。我有些惊慌,这种非理性的、多疑而不确定的事物往往叫我心生恐惧。接着我考虑到这个名号要是被传出去,让大伙儿知道了会产生多大的反响……我将一辈子和这个带有强有力的侮辱性的词绑架在一起,永远不得解脱。任何人会冷不丁地来上这么一句:"好你个八婆……"

旭尔干兀自在一边乐呵,为灵光一闪得到这个解气的绰号而扬扬得意。他无视我的愤怒,抑或他觉得多年的争吵都是一样的。但他不知道在人生的某些时刻、某些特别的情景之下,忌讳从来都没有远去。就如此刻,它意想不到地蹦了出来,我再怎么控制都没用。我骂开了,没给他一点缓冲的余地。他傻愣的那会儿,我都气疯了。

我俩在路上吵了一通。旭尔干对此没有心理准备,气得脸色煞青,语无伦次。但这次我们没有动手。

# 第十四章

我们被圈禁，失去自由——从来也没得到过——我们渴望自由。但在这天地之间，有多少生物不是我们的敌人。我几乎想不到几个。这片天地就是一个不大的牢笼，不丢弃生命，就不会出现自由。如果这个世界上有一种东西值得称道，那就是无拘无束，因为它比自由更值得信赖。

我从来没有这般伤心难过过，即使我的生母含愤死去、养母溘然长逝时也没有。但我为同胞们的苦难与艰涩、他们为存活一日的奋斗而心头绞痛。后来不得已，也因不堪于折磨，我把时间抛在了身后，独自前行，走在了时间的前面。我想比疗伤的时间更快地忘记悲痛。如此一来，孤独一如烈日之影般清晰，我的智慧逃到了孤独之中躲避预感的危险。我不禁感悟到，当一个智慧的生命学会孤独的时候，就是高于生命本身的时候。

近日来我常常反思其中的得与失、爱与恨、痛苦和欢乐。托了某种神秘的福,我积聚日日思考的力量,少了许多痛苦。但我觉得我的同胞们的苦恼可能更少,因为他们永远不会去操心未来。

人生如锒铛之狱,我们也同样如此。

我正值壮年,突然有了妻子,有了儿子,半生遭受的侮辱已当过眼云烟,即便为了母亲的仇恨,也在大自然的美和岁月的感化,以及家庭的责任之下透亮似水晶、淡薄如轻纱了。我一直在想着怎么做才能一劳永逸地离开。然而这次,上苍给我开了一个永生难忘的玩笑,使我再一次为自己的身份而感到屈辱,为自己是一头牛而感到悲戚。那辆卡车开到草场里来,那仁和一些人跳下车奔着牛群而来时,我丝毫没有意识到这和我会有关系。在以往的这些年,我已经成为这个群体里的一个特例,一个隐身的、不存在的物体。所有牛要遭受的来自人类的血腥杀伐,都与我无多大的关系。我顶多只在外出时吃点小苦头。

但是这天,有一条从天而降的绳子准确无误地套住了我的脖子。我本能地抬起头颅,绳子一下子收紧了,绳子勒住了我的喉咙,使我呼吸不畅,自然慌张地挣扎起来。但他们九个人拽着绳子,我无论如何都无法挣脱,到最后,我憋得头晕目眩,被绳子一缠绕就倒下了。在倒下去的一刹那,我诧异于想象中绝对强大的我居然就这么容易地被他们制服了,我那些用不完的力气和奸诈这么轻易地消失了,我钢铁般的意志和凶狠的劲头哪里去了?不敢相信弄倒我的竟然是长久以来以为可以随便对付的一条细细的破绳子……

车开到我身旁,我的犄角缠绕了铁链,他们用绞盘将我拖曳着、吊拽着,不管铁链带来的疼痛和伤害强硬地把我弄到了车上。前前后后,速度快得惊人,等我稍有喘息之际,拉着我的货车已经开上了沙砾路,直奔公路而去。

铁链还在我的犄角和脑袋上,绳子被解去了。车的震颤传到我全身的骨骼与血肉,宛如鼓点般的心跳,还有急速上升的血压,眼中的模糊影子和有如燃烧的喉咙,都让我无法集中精力思考降临的灾祸。生死无从得知。当年羡慕同胞临死前还能坐一回汽车,如今我也坐了。漫长的颠簸中,卡车又下了公路,拐上了新近压出来的一条土路。一片庞大的黑帐篷和白毡包扎堆,彩旗飞舞、人头攒动的大型集市出现了。卡车行驶了几个"街口",在一处地方停下来。有很多牛被分隔在一个个的铁围栏里面,有的栏里一头,有的十几头。

我被赶下车,独自关在一个栏子里。有个人对我射了一枪,没过几分钟,我慢慢看着自己跌倒在地。那仁拿来一副巨大而沉重的铐链,费了一番功夫,我的两条前腿被铐住了。这回,头上的铁链拿走了。围栏的门关上了。那仁擦着额头对边上的人致谢:

"今天可是给我帮了大忙了,要不然我一个人是一点办法都没有的。我请大伙儿吃饭去。"

"看看那蹄子，好家伙，跟大树桩子似的。"有一个人对那仁说，"这次展览，你无疑要得第一。"

那仁掩不住得意，假惺惺地谦虚："那不一定，很多好公牛还没来呢。"

我听了一会儿，暂时松了口气。只要没有生命危险就好。但随即，我低头看着腿上厚实沉重、哗啦作响的铐链，再瞧瞧周围同胞们看我的怪异、鄙视的眼神，雷雨般的耻辱分分钟把我淹没，但仅存的一点点理智压着怒火，不让我做出后果不堪设想的蠢事。

下午四五点钟，有人钻过禁止行人的彩带来参观我们。这是自打我来了之后的第一拨人，共有七个，有男有女。女的一律戴着太阳镜和遮阳帽，男的衣着也体面，戴着墨镜，双手插在兜里对我们发表了一通狗屁不通的理论，还沾沾自喜。他们尤其对我的铐链充满好奇，傻兮兮地说是因为怕我逃跑而采取的措施。女人们震撼于我大山般的体格，她们对我额间长长的闪耀光芒的那簇白毛和本洁净光滑现在满是战斗痕迹的大犄角尤为爱恋。我任凭她们娇嫩的小手战战兢兢地触摸我，并与她们拍照留念。渐渐地，她们的胆子大了，不怕我了，开始更加仔细地观察我。男人们到了我身后，从尾巴缝隙里往里看，我宏伟的睾丸着实把他们吓得不轻。他们就公牛的生殖器作为补肾品到底有多大的功效而争个不休。但不管怎样，他们一致认为，只有像我这样的公牛的家伙才会有明显的效果，别的就不敢恭维了。看他们一个个贪婪的目光盯着我的那里看，仿佛马上就要一口给吞下去的样子，我实在是恶心得不得了。

他们磨蹭了一个小时，快到晚饭点的时候才离去。这期间很多人也进来了，还是我的周围人最多。我想除了那夺人眼球的铐链，我鹤立鸡群的体格也是重要的因素之一。远远地，他们朝这儿一打眼，首先就会看见我。有些人，我觉得一辈子也没有我这一天照的相片多。很遗憾我不能自个儿留下一张，我只是在他们贴着我自拍的时候偷眼看看相机里的形象。坦白说，里面的我一点意思没有。不但小了，而且还模糊了，失去了生气和精神。反倒他们都露出一副兴致勃勃的神情，摆出各种姿态来。可不管怎么搔首弄姿，照片肯定是以我为中心的。让我感到万分不解的是，他们对我的眼睛无动于衷，没有一个人产生一点兴趣，连提一提的人都没有。他们明明在看我的眼睛，也定是发现了与众不同，他们一定在我的眼中看到了自己的眼睛，但怎么就那么平淡呢？

夜幕垂临，篝火与灯光交织在这片草原上，空气里流动的不再是芳香与清凉，而是烟雾、酒精、骚动与粪便等物。录像厅音箱传出十里可闻的打斗声，配有强烈的背景音乐。不管何时，血腥与暴力总是那么吃香。展出变异的双头蛇、双头侏儒、连体小孩，以及"美女与野兽"——

脱衣的舞娘和老虎——的大帐篷前的霓虹灯在发电机的供力下成为夜里的明星，进去的人们无不抱以强烈的刺激和好奇心，他们从没见过变态，对醒目地贴在闪亮广告牌上的这俩字格外敏感。那些小饭馆、小旅馆、小酒馆里处处有人进进出出，或酩酊大醉地跌倒在草丛中，或兴致高昂地高歌一曲……我站在栏子里，藏匿于阴暗之中，冷眼旁观着永远不可能涉及的生活，换着角度体会这种迷失的欢乐方式。我对张扬或失意、愉快或痛苦的人们不是那么理解，他们的思绪一瞬间传达了多少困惑？尽管我天生类似人类，并效仿多年，但我仍然不确定人类同一时间的动作、语言和内心，是不是表达着同一个意思。这是一个既不复杂也不简单，但却难以表述的问题。那些小心思，那些流转的小阴谋其实说穿了没有什么，什么也表达不了。某种意义上说，他们和我们本质其实是一样的，没有区别（这点让我感到高兴）。

大概八九点钟，那仁独自一人来了，腋下夹着一捆燕麦，他把燕麦丢进我所在的栏子里，然后斜身靠着栏杆抽着烟，眼瞟着前面的"街上"走过的年轻女人。差不多一刻钟后，他似乎想尾随一个披紫色披巾的小女子混入人流中。但他没动，因为从远处帐篷后面的阴影中，有一个人在走过来。来的是一个女人。那仁看见她，身子立刻僵直了，他丢掉了烟。

"好霸气的一头公牛，它就是你一遍又一遍寻找的小妖吗?"女人来到他身边,眼睛一直看着我。她拿出一只插在衣兜里的手,搭在铁栏杆上。

"对。它就是小妖。"

"真漂亮!可惜,生在了你家。"

那仁诺诺嘴,语气更低地说:

"没想到你也来会场了。"

女人第一次斜瞥了他一眼,说:

"这是大集会,你没想到我会来?"

"没有。我下午刚到。为了对付它,我找了很多人帮忙,又策划了突袭计划,这才成功控制住它。"

女人说:

"为了自己的利益和名誉,你也是能干得很。"

那仁说:

"你有点小看我了,我这么做,只觉得它的价值应该体现,在这里,它就是王。"

女人说:

"我没有小看,我从来不敢小看人,更不敢小看你,因为我知道你是一个狠人。"

那仁说:

"我不是狠人,相反,我是一个懦弱的人。"

女人说:

"不不不不,你是一个狠人,而且——"

那仁突然打断她的话,提高了声音说:

"我不是，不是就是不是。"

女人说：

"你凶什么？你凭什么对我凶？"

那仁说：

"我没凶你，我是说，那次，我控制不住自己，我走的时候不看你，是因为我哭了。"

女人微微地挪开一点身子，说：

"哦，是吗？太可惜了，我没有看到，那你没有伤到身体吧？"

那仁沉默了一会儿，看着女人。女人看着我。我看着他们。我已经搞明白了，这个女人就是他的那个心上人，就是那个他放不下的人。我好好看了她。她真的好像要比宝音漂亮一些，为此我有些生气，心想我这是怎么回事？怎么能觉得她比宝音漂亮呢？我对不起宝音。我闭上眼睛忏悔了一会儿，接着看她，果然不再那么漂亮了。但我看出来了，对于那仁来说，主动来找他的这个女人无论从各方面，都是他无可替代的女人。他已经情根深种了。我很了解他，所以我看出来他很紧张，但也特别开心。他组织了好一会儿语言，但说出来的却好像是另一回事。他说：

"你的羊羔卖了吗？"

"这还是个问题吗？我的羊羔从来不缺买主，而且价格很高，我很满意，幸亏没有卖给你，不然我亏大了。"

"你听我说，我没有去，是因为我不知道用什么办法面对你，那天你说那些话的时候，你自己清楚心里是怎么想的，我承认当时我的确嫉妒愤怒极了，但一离开我就后悔了。"

"后悔没有问清楚我到底卖屁股了多少人？"

"你怎么能这么说，你明明知道我不会那么想。"

"我不知道，我怎么可能知道你的想法呢？就像那天一样，前一秒你还好好的，突然就翻脸离开。我可不知道你的心思。"

"我是突然吗？你自己的感受你心里清楚。"

"我有什么感受，我受害了，心里的话跟你说说，没想到你还能看出我自己都不知道的东西，所以说你是神仙。"

"你不用讽刺我，我知道我很可笑。"

"不不不，真的一点没有讽刺，你很厉害，因为你知道很多我自己完全不知道的东西。"

她说到这儿，声音第一次有了变化，一度有些哽咽，但她抑制住了。那仁也许看不到，但我还是看到了，她侧着脸，眼睛里泪水闪闪的，最终也没有掉下来。我感叹地看着，女人真神奇，她们都有一种随时可以哭，也可以随时止住并且将满满一眼窝泪水都收回去的能力。宝音是这样，现在，我又看到她这样了。我心想，傻子那仁肯定不知道，这时候他需要做的不是解释，而是说一些真诚但很温暖的话哄哄她。没想到那仁开始说一些温暖温柔的话了。他靠近了她，几乎是在她耳边轻轻地说着。刚开始，她是有躲避的意思的，是在用身子的动作告诉他不接受。那仁没有放弃，她挪一点，他靠近一点。三四次后，她不动了。他们靠得很近，那仁突然亲了她的脸颊，她惊了下，没有回视他，依然看着我的栏圈，但眼神已经茫然到不知什么地方去了。那仁亲完后接着说，我阖了一次眼睑，他已经搂着她的腰。他第二次亲时，她首度回头，和他对视，然后轻声细语地说了几句。接着，他们分开身子，一起朝牛栏后面的黑暗山坡里走去。

所以，也就是说，那仁又背叛了宝音。他不但没有悔改，而且变本加厉了。我抖了抖身子，觉得这不关我的事，这种感情问题与我无关，因为我大概也知道一些，宝音虽然察觉了那仁的不对劲，但她自己也有问题。我知道她有一个感兴趣的人——说不定就是心上人——一直是保持着联系的。因为有一次，我被找回来后站在毡包附近，那是一个傍晚，宝音在门口的小矮凳上坐着，她瞧瞧走远了的那仁，拿起手机在嘴边，轻柔地说话，表情欢喜荡漾，实在已经够明显了。我想靠近听听，但她已经站起来进毡包了。诸如此类的小情节还有很多。我认为她也恋爱了。

第二天一大早，那仁又来了。和他一起来的是昂沁夫。我很惊讶，难道他们昨晚就在一起了吗？

他们来了之后，再次对我评头论足。那仁说：

"你帮帮忙,进去收拾收拾它吧。"

昂沁夫说:

"我去干活?你怎么不去?"

那仁说:

"你不明知故问吗?这混蛋对我的仇视从来没减过,而且好像越来越严重了,我进去,这么小的空间,我怕它弄死我。"

昂沁夫说:

"可笑,我也怕啊,它挑死我怎么办?"

那仁说:

"不会,它什么时候对别人凶过?没有,一次也没有,这你又不是不知道。"

昂沁夫没再言语,他进来了,对我的毛发进行了一番可有可无的梳理打扮,清理了我的粪便和吃剩的燕麦。他干这活,心不在焉,好像手里没有力气。那仁的手臂横在栏杆上,下巴支在手臂上,他的目光紧紧地盯着昂沁夫。

"这么说,你昨晚又去见她啦?"

"嗯?哦,对啊。她也来了,下午我碰到她,因为人多她不敢认我。但我知道她晚上会在哪儿。"

"我放了她鸽子,她很生气对不对?我现在都有点遗憾,那批羊羔真的很不错。"

"她不会生气。"昂沁夫打扫完了栏圈,走过去和那仁一起依靠着栏杆。他说:

"因为还有很多人抢着要呢，她没必要生气。"

"我虽然短暂打了交道，但不是很了解她。但是，她是一个很漂亮而且很勇敢的女人对不对？"

"那当然，她的美是实实在在的，而且，你知道吗？她在那一带挑起了一股穿着的时尚之风。"

那仁赞同地说：

"可不是！她的衣品很好。你这几个月都去找她了吗？"

昂沁夫很随意地说：

"去过几次，但是，你知道，她太远啦，经常去不太方便的。"

"她有其他情人吗？"

"现在，她就我一个情人。"

"可是，我和她聊过，感觉她不会拒绝别的男人的示好，如果她觉得这个男人不太讨厌，她很有可能会放任自流，看看会发生什么。"

"不会。她以前也没有什么情人。"

"那谁知道呢？谁会大张旗鼓地宣传说是她的情人呢？我觉得，她是一个喜欢搞暧昧的女人，她很享受这种刺激。"

昂沁夫从栏圈里出去了，跺了跺脚底泥巴。他似乎在思索，而且没有说话的意思。那仁的目光一刻不离开他，接着说：

"其实，昨天傍晚的时候，我看见她了。"

"看见她了？"

"对。她来看展览，到了这里，我们聊了几句。"

昂沁夫用鞋踢着栏杆，面朝我，他眯着眼睛说：

"你见她了怎么不自己道歉？"

那仁说：

"她没有提，我也不会说。我们说了小妖。然后又聊到了她现在比较麻烦的一件事。"

"麻烦事？什么事？"

"你不知道？她没有对你说？"

"我从来不问她任何事，这样做的好处是我少惹上麻烦。她有什么事？"

"她有一把枪，丢了很长时间了，不过后来她又含糊地说是抢走了，我也搞不清楚。"

"哦，枪怎么了？"

"现在有人拿她的这把枪在打猎，森林公安局的人很快会找到她的。她以前没报警，但现在想报警了。"

昂沁夫说：

"这有点可笑吧？怎么就认定是她的枪呢？"

"我不知道，但好像是她的枪有点特殊。"

"一把枪，批量制造的武器，怎么可能特殊呢？真是的。"

"哦，对了，我想起来，她好像说这把枪是土枪，是一把'化隆造'。你知道'化隆造'吗？"

"是我们省化隆县造的。"昂沁夫讷讷地说,"那,又怎么知道是她的枪呢?"

那仁摇头说:

"我不知道。我们聊了几句她就走了,应该是和你相会去了。"

几乎每个栏子里都有人影在活动。那仁和隔壁的一个青年男子搭上话,互报了姓名与村子,随后话题一转,说到了这次的展览。那仁恭维对方的牛是万里挑一的好牛,尤其是身体的长度实在是出乎意料。"只有这样的牛的后代才会有更多优势。"他最后总结了一句。那青年男子频频打量我,充满了警惕与敌意。他并没有说一些那仁期待的对我赞美的言辞。那仁有些不快,果断地没再聊,转向另一边走去。这时,外面有人拿着喇叭喊,让牛栏里的人都出来。展览马上要开始了。领导要来参观了。评委要来打分了。

接着,陆陆续续有大批人赶过来,像浏览商品似的对我们指指点点。照相机的闪光比昨日多了无数倍。那些小牛们,和没见过大场面的大牛们惊得乱叫乱窜,笨重地撞在栏杆上,吓得外面的人们也跟着叫起来。我看见一个长头发的男子,支着架子和画板开始画画。

在每一个栏子的横杆上,都有一个大大的编号,我的号码是什么我看不见。编号的旁边有个小纸箱,起先我没弄明白那是干什么的,等后来那些专家们来了后,他们一一细瞧了我们,开始把手里的小卡片丢进不同的栏子上的箱子里时,我才明白,原来好牛是这样评选的。

毫无疑问,甚至可以说毫无争议,我以高票当选最好的种公牛。那仁乐呵呵地从一个老女人手里接过一条红绸缎,想亲自出出风头又不敢,只好找了一个同村的人帮忙,他跳起来将红绸缎系在我的脖子上。而那仁也披了大红花,站在了一辆崭新亮丽的摩托车旁,和我一样接受着拍摄。掌声不断从四面响起,经久不息。我尽管含蓄但也还是不无得意地想,看来我得第一实在是实至名归。

这一天,人们来来去去地没间断过,从来没有如这一刻,我们牛会受到如此关注。我察觉到大多数的游客都带着一副赞美、欣赏的态度,只有少数一些——都是些常年宰杀牛羊的惯犯——罪孽深重的人看着我们就像在看一捆捆钞票,估算我们被宰杀了后会有多少斤肉?有的还真拿出计算器敲打了一番。

那仁在昨晚的那个时间再次夹着燕麦过来,我饿了整整一天,除了在正午时分喝了他端来的一盆水之外什么也没吃。倒是有些观客无知地捧着瓜子或别的我不认识的乱七八糟的东西让我吃。看在他们可爱的分上,我就没有计较。我估摸着,既然我的事情完毕,他也得到了想得到的。那我应该可以回家了,明天,最多就是后天。听人们的谈话,后天是走马决赛之日。那明天的可能性更大。毕竟,他不可能让我在这里整天整天地挨饿。今天展出刚一结束，那时候天都快黑了，但有心疼牛的主人，急急地，一刻也不耽搁把自家的牛拉走或是赶走了。现在剩下的已经不多了，不知道那仁意识到没有，由于我的耀眼，在这个混乱之地多待一会儿就会多增加一些危险。这些年，因为嫉妒或是报复，此类的集会上被谋杀的马和牛就我所知的都已不计其数了。那么，因某种显而易见的原因刺杀我也是情理之中的事。经过昨天的事，我一点也没有把握可以渡过难关。倘若真的有人要害我的命，谁能救我？

# 第十五章

我和白玛格妮的约会迟到了一会儿。我和昂沁夫明枪暗箭地说了一会儿话，没套出什么有用的东西。

前一天晚上，当我意想不到地碰到她，和她说话解释，最终我们和解后，我们去了山上，说了很多话。我说了对她的无时无刻不折磨着我的思念，还有无一例外伴随着的嫉妒、愤怒和痛苦。她说了我走了之后这些天的煎熬，她说从来没有想过自己会因为爱而遭到这份待遇。

"我们掉入一个泥潭了。"她说。

"我们能爬出来吗？"我说。

"我不知道，那仁，我不愿意再想了，因为我想得再多也没办法去做，我只能徒增烦恼。"

后半夜，我们说到一件重要的事情。白玛格妮跟我说，公安上的人已经知道枪是她的，她也说被偷走了，但没说是被昂沁夫抢走的。

"你别生气，我没有别的意思，更不是对他有什么心思。虽然事情是那么发生的，但如果真被说成强奸，不但他的一生都毁了，我也没办法好好生活了，我是一个什么样的人大家都形成传说了，再闹出一个强奸，我真的就是一个笑话了。"

我虽然还是有点吃味她对昂沁夫的袒护，但此时此刻，在这个漆黑一团的夜晚的山顶，我们依偎在一起，说着知心话，我实在不愿意破坏这美妙的氛围。我说你知不知道你的隐瞒，如果后面被发现了——而且是极有可能被发现——会对你造成多大的麻烦？她说想过了，无非就是她不愿意声张，除此之外还能把她怎么着？她的行为不构成犯法吧？我说我不知道，但这样总归有很大的隐患。她说要是他能把枪好好地还回来就好了。我说这不太可能，除非跟他挑明了。她说她就是要跟他挑明，他应该知道轻重。我说但他还是会担心你会告发他，又是强奸又是抢枪又是盗猎……真奇怪，他是一个聪明人，怎么会做这些蠢事？她说你不知道，世上最不可思议的蠢事，都是聪明人做的。我说不管怎样，这里面还有太多意外的因素，不如我先帮你探探风。她说怎么探？我说和他说话，看看他的反应。他就在这里，我明天去找他。

我赶到的时候天色黑得前面有深渊也看不见。我用手机照亮脚下的路，一步步抵达山顶。身后，山下的平原上，是一小片让黑夜更加纯粹的灯火。我轻轻地叫她。前

面有亮光闪了一下,还有她的声音:

"我在这儿呢。"

我跑过去抱住她,好像我们失散了一百年。既有一点陌生感,又满怀激动。我们接吻,抱得紧紧的。我的肚子饿得咕咕响,她轻笑一声,说:

"我就知道你没吃饭,给你发信息,但这里信号太差了。我给你带来一点吃的了。"她拉我坐在一片铺好的毛毯上,利用手机的微光从一个黑色的背包里找东西。

我从后面抱住她,咬着她的耳朵说:

"这么多东西你背上山来,宝宝,辛苦你了。"

她躲避着,发痒地咯咯笑:

"哎呀你别乱动,快坐好,我们吃饭。"

她带来了油饼、一个小暖瓶的奶茶,一罐蜂蜜和一袋子切片的软面包,两个咸鸭蛋和一罐豆腐乳,一一摆在毯子上。她的手机手电打开着,朝着天空,光线是扩散的。她换了昨天的衣服。

"你回家去了吗?"

"你怎么知道?"

"你换了漂亮的衣服。"

"昨天的不漂亮吗?"

"漂亮,但没有今天的漂亮。"

她拧开豆腐乳的盖子,又在包里摸出一支塑料勺子递给我。一边解开装油饼的袋子,一边说:

"上一次，你说你爱吃豆腐乳，喜欢涂抹在油饼上吃。"

她一直记得，并带来给我吃。我不能不被感动，但又想，比这更难得的是她如此轻易地原谅了我的任性和幼稚。她遭受的苦楚，何尝不是我完完全全地带过去的。她没有也没说，一句没有责备。

夜风习习，吹凉了欲火，我感怀着柔情似水的爱，扣着她的手，并肩躺着。我说昂沁夫的事。我现在非常担心她受到伤害，因为事情不会按照她猜测的那样发展。通过和昂沁夫的对话，他或许有点明白了，但肯定没有就此收手的打算。因为这次的集会上有风言传出，山区中两只豹子少了一只。自这对稀罕物出现在这里，这事第一次发生，很多人认定那只公豹已经遭遇不测了。当时我就在那个帐篷小酒馆里，立刻想到了昂沁夫。他在过去的四个月里陆陆续续收购进来了二百只羊，他哪来的那么多钱？

白玛格妮认为事情还会有进一步明确的发展，如果她跟昂沁夫再谈谈，可能就会明朗了。但我心里已经很不舒服了，老实说，我似乎不太在乎他被抓、被判刑什么的。如果他没有伤害白玛格妮，我会替他担忧，我会尽我所能地帮他，但现在不。

"他是伤害你的人，你还这么帮他。"这句话我还是说出来了。

白玛格妮没有生气，耐心地解释："我只是不想因为我害了别人，哪怕是伤害过我的人，也都不应该这样。我答应你，只和他谈一次，只说几句话，如果之后他还是不知好歹，那我们也仁至义尽了对不对？我心里无愧，你也帮助了朋友。"

"我没有这样的朋友。他伤害了你之后就已经不是我的朋友了。他是我的敌人。"

她抱住我，喃喃地说：

"傻瓜，傻瓜，我是败落的老女人，不值得你这样。"

我说：

"那我这个自私无耻的混蛋值得你这样吗？"

她说：

"你不是。你不是。"

我说：

"所以，你也不是什么败落的老女人，你是我的含苞待放的山花。知道为什么是山花吗？因为山花生命坚韧而长久，你是一朵要绽放百年的山花。"

她呵呵地笑，身子扭来扭去地说：

"你又开始哄骗我了。"

我说：

"怎么会，我是那样的人吗？我不是。对不起，对不起，我没有想过要骗你，但我还是骗了你，这是我的错。我感到非常抱歉，抱歉亲爱的。"

她再次紧紧地抱着我，说：

"别说对不起。因为我们之间没有对不起，我们只有爱与伤害。"

"伤害，对，你说得对。我们不仅仅有爱，我们还有伤害，但我们欢迎伤害并接受伤害如同接受爱对不对？"

"当然要接受。我们的伤害对我们来说就好像是牛奶中的牛奶一样，我们都分不清哪个是爱，哪个是伤害。"

我说：

"你说得太好了，我们的爱与伤害都是一种同样颜色的牛奶，我们一起在喝，却不能去分辨。"

我们热烈地接吻了。我们热烈地做爱了。又一次在这个山顶上，什么也阻挡不了我们的爱情，是我们给我们自己的爱战胜了所有的阻碍。我坚定不移却缓慢地进入她的身体，宛如牛奶进入牛奶中。我们的欢愉是水的觉醒。

后半夜，我们几乎同时被冻醒。哪怕盖着另一张薄薄的毯子，夏日草原黎明的寒气也难以阻挡。我们坐起身子，双手抹擦着手臂，一夜揽入身子的潮气让身体很不舒服。我们本来昨夜就应该回去，但是说着话，不知不觉就睡着了。白玛格妮起身，开始收拾东西，天色快亮了，有心人如果一搭望远镜往山上瞧，会把我们看得清清楚楚。今天我们都要回去了。她本不应该留夜在这里，因为家里没有人，牲畜万一有点意外怎么办？凌晨两点多，我提议送她回去，我可以赶回来，也差不多是这个时候。但她不愿意，她说她就想这样，躺在大野中，在心上人的怀抱里……我当然求之不得，很想再和她亲热一次，但是多说了一会儿话，困意便几乎是不分先后地吞噬了我们。

我们就在山顶上告别，她往北我往南。我答应几天后去看她，再不会杳无音信。

我先回去搭在热闹区地的小旅游帐篷那里（这东西搭好后就没有用上，两个晚上我都不在），拆卸打包背着去了牛栏那边，约好的货车八点半到。想想昨晚的事，想想白玛格妮遇到这件棘手的问题，还有昂沁夫，我不知道下一步该怎么从他那里得到有价值的信息。他将自己捂得很严实，并不是我想象中的样子。我觉得，正是这一点让我难以接受。因为我自以为我了解他，但是当真正遇到事情，才发现其实根本不了解。他完全是另外一个人。我接着意识到，其实从一开始，我便不相信——也不承认——他会强奸白玛格妮，我的潜意识里觉得是白玛格妮引诱了他，就像引诱我一样。我甚至不相信抢枪事件真实发生过——这件事到现在我也有所怀疑，我猜测她在隐瞒着什么——因为她极力地不想让昂沁夫出事的意愿太强烈了，强烈到我在她身边都感受到侮辱。虽然我已经相信昂沁夫真的强奸了她，但整个事件还是迷雾重重看不真切。我不问她是因为她觉得我不信任她而生气，我确实没有完全信任她。我刚在帐篷上坐了一会儿，旭尔干带着妻子来看看小妖。我们正在装车。这是它最乖巧的一次，货厢后门打开，搭上了大木板，都不用我做什么，它自己乖乖地上车了。屁股朝着我，一副老神在在的样子。旭尔干伸手进去，摸摸它的尾巴，对妻子说：

"它得第一名，那是板上钉钉的事。你看，如果它称毛重，起码有两吨半。"

塔拉塔娜说：

"它真大，我第一次看见这么大的牛，我们应该换一些它的孩子改善我们的牛群。"

旭尔干说：

"可惜，唯一遗憾的是它好像并没有一个真正的后代。"

塔拉塔娜说：

"怎么会呢？它不是种牛吗？"

旭尔干说：

"是啊，但是它配种的那些母牛，没有一个是它的种。"

塔拉塔娜说：

"啊，那不就是中看不中用吗？"

旭尔干说：

"哈哈哈，老婆你说得对，还真是个中看不中用的东西，就当个摆设吧。"

走之前，旭尔干拉我到一边，悄声说：

"你猜得一点不错，昂沁夫好像真的有一把枪，他偷猎了。"

我说：

"是吗？你怎么知道的？"

他说：

"集市上已经有传言了,说有人看见他打猎了。"

我说:

"是吗?是谁啊,在哪儿看见的?"

他不高兴了,说:

"你管他哪儿看到的、谁说的,重点是你的猜测没有错,而且他那把枪是哪儿来的?"

我说:

"就是啊,哪儿来的?他买的?"

旭尔干看白痴似的看着我:

"买枪,你去买一把,你今天故意的吧?"

我说:

"难道你就不想知道得更详细一点吗,这到底是怎么回事。"

他松开搭在我肩膀的手:

"有啥可了解的,自己做事自己担着,既然昂沁夫弄了枪又打了野物,他也一定可以背上这些因果,你不用替他操心。不过,直接去劝劝他也可以,但不要干涉人家的事情,他比你聪明。"

我说:

"这倒是个办法,我去问问他是怎么打算的。但是,往往是越聪明的人越会干傻事。"

他说完急匆匆走了,好像在担心跟我争执,但我根本没有心思吵吵。他提醒了我,我还有一个朋友的身份可以去做点什么,如果从朋友的立场出发让他立即收手,也是一件极好的事情(哪怕我心中有百般不情愿)。

我给他打了一个电话,因为信号极弱,前两次都没能说话,第三次他那边好像好了很多。我问他在哪里?他说在会场。他在看畜牧特产的展销。我说过会儿来找他。给司机交代了到家卸车的注意事项,他满不在乎地说一切都会没有问题,让它跳下车又不是上车,不会有问题的。他就是来时的那个司机,已经对小妖有所了解了。目送货车离开,我骑上挣来的崭新的摩托车去展销大帐篷那边。摩托车的油表指示针显示在红色区域的最底部,我停下来,双腿支着车子,摇晃它,什么也听不见。我熄灭它,再摇晃,有微弱的液体声音,照着我的经验,顶多骑十千米。但附近没有加油站。

我又给他打电话,"你的摩托车在哪里?"我说。"在停车场啊,怎么了?"他说。"你到那里来一下,给我抽点汽油。"我说。

停车场就是帐篷区后面的一个用彩带围起来的平坦草地,所有的车都被规定停在这里。车太多了。汽车还能数一数,但摩托车就像两条腿的牲畜一样密密麻麻。我没等多久他便来了,找到车,又在地上捡了一个饮料瓶,他拔开化油器下面的细管子,接满一瓶。我拿着瓶子,估摸着这个场合实在是一个适合说那些话的地方。但几次张嘴都没有出声,因为我知道一出口达不到预期反而弄巧成拙就不好了。但我还是要开口。我们以很平常的语气聊了一会儿。其实我们都心里有鬼,我不确定他知不知道我和白玛格妮的关系,但一定知道我和白玛格妮没有那么陌生。他知道我隐瞒了很多。我知道他也隐瞒了很多。既然相互都防备着,那就省去了真诚和无私,倒也变得更简单了。而在不久前,我们还是最好的朋友,相互信任。

他扶着膝盖站起来,目光直视着我:

"你是不是有话要对我说。"

我点点头:

"我听见了一些传闻。"

他了然地说:

"哦,是偷猎是吧?"

"是。是你吗?"

"不是。"

"你知道现在野生动物保护法律很严格,再不像以前了。"

"是啊,以前多好。你有没有发现,自从我们的枪都收缴以后,野生动物越来越多了,尤其是狼和大群大群的食草动物,都是我们牧人的敌人。但现在,敌人合理合法地占领我们的领地了。"

"你过激了,没有那么严重,再过十年二十年都不严重。"

"那么,三十年呢?五十年呢?我们的后代怎么办?

不游牧了？生活在城市里？"

"这是一个大趋势吧，牧民、农民只会越来越少。你了解那些发达国家就会发现，哪怕是曾经的农业大国、牧业大国，也已经消失了。这是进步。"

"进步？呵呵。"

"你也不必杞人忧天，后代自有后代的福，也有他们自己的路。你现在连老婆都没有，连孩子都没有就已经开始关心后代了？"

"不关心不行，人生如梦，一晃眼就过去了，等我想起来要关心时，可能已经快死了。"

他开始往展销会场走去，表示这次谈话结束。不过，他还是很认真地对我说了一句谢谢。

我们遇到几个熟人，打了招呼。都在恭喜我拔得头筹，我应付过去。快到时，他说：

"你的兴致好像不高啊，你遇到事情了？"

我说没有。

我在展销会上买了一些奶酪和一条羊毛薄毯子，两件女士羊绒衫。一件是给宝音买的，一件是给白玛格妮买的。

# 第十六章

我感觉和阿姆母子分别很久很久了,我始终找不到机会逃跑。自从我成为"种牛第一"后,那仁和宝音把我看得越来越紧。我焦急万分,生怕他们母子出现什么意外,因为我做梦了。我梦见大壮鬼魅地出现在我眼前,看上去很糟糕,满身污秽与血迹,他的尾巴没有了,还瘸了一条后腿。令我惊奇的是他比以前更加矮小了,几乎缩短了三分之一。大壮呜呜啊啊地痛哭流涕,难掩的哀伤弥漫四下,甚至他周身的哀伤中也游动着浓浓的死气。"我来见你最后一面。"他这样说。

我大吃一惊,凝视着他,企图窥得蛛丝马迹,继而想办法唤起他的求生欲望。但我失望了,他已封闭了所有的感知触觉。他惨叫而吐血。这时我才发现他两条前腿已被截去,从腕处不见踪迹。但奇怪的是不见一滴血从伤口流出来,反而整洁光滑,宛如镜面反射寒光。

醒来后，剧烈的悲伤涌上心头。我知道我必须尽快想到办法离开。但是有什么办法呢？我得沉下心来干这件事。我觉得唯一可行的办法就是装乖巧，经常在那仁眼前晃悠，而且不能操之过急。我摁下焦躁的心，打算老老实实待上一个月，彻底让他放松警惕。这样我再次离开，至少可以多出来几天时间，因为现在那仁出来找我，一般都是我消失几天后才动身。所以，我至少有十天时间是可以运作的。我策划逃跑的细节，总结过去的失误，不断地回忆、纠正。这次可不同以往了，这次不容失败。

七月的一个深夜，黎明前如漆如墨的黏稠夜色中，我悄悄地离开牛群，四周的群山之巅泛起惨白的暗光，我翻过了梁架。我走得很快。估摸着快到五点，那些要挤奶的女人们刚刚打着哈欠出了毡包，提着小木桶趿拉着鞋子走向牛挡；那些勤快的、心疼女人的男人们也穿了衣鞋，站在牛犊的挡里给女人放牛犊的时候，我已经横穿了整个冉布腾扎西的营盘所在的卡然湾，蹚过了去年夏天淹死了扎巴耶的小马驹的那条窄且深的激流，仅差片刻就完全脱离德都蒙古人的夏季传统营地了。这一带因为牛皮草地还在坚持固守阵地，几乎都不长草了，因此也绝了人家，仅剩打祖上三辈就驻扎在这里的罗藏旦增一家，他们倒是过得舒坦，不必担心会有混合的羊群，也没有会带走小牛犊的牛群。我看见罗藏旦增的女人在牛挡里移动，同时看见从前和我有过一段露水之缘的一头花色无角母牛。她现在体态臃肿、拖沓，全然没有初见时那流动的彩霞般的飒爽风姿。当了几个孩子的母亲，她冲动的情愫已然被催化成了麻木的交配。她没有看见我，我想即使看见了，她也不认得我。正如很多和我有过亲密关系的母牛对我来说宛如昙花一现，在她的眼里我大抵也是如此。何况我现在拥有阿姆和儿子，我觉得再也不需要她们了。

我在罗藏旦增的"内定"草场上站立良久，头一次于内在的震荡中缅怀曾经，产生了一种荒诞且似是而非的感觉。我一度认为，我所认为的智慧，其实是所有的同胞在某种特殊时期都会有的自我催眠，是一种处于梦幻和现实之间的存在，但却并非完全真实，有时候更多的是虚妄。但我还是那么在意这种荒唐的、无情却又难舍的欲望。是的，是欲望。是也许从一开始就已异变的欲望，而我从头至尾都丝毫不知。

太阳升起来，草原上的露水隐退或被光线刺穿、分解、蒸发。大部分露珠都在分解前一刻散开，全部浸透进青草的身体里。于是在光线变强时，棵棵青草晶莹璀璨，宛如翡翠闪光。棵棵翡翠似的小草眼看着长大了好一节，忽而，草原一变，仿佛也长高了，更厚重了……

我离开了德都蒙古人夏牧场，从一户藏族人家门前经过，有一个藏民中年男人正在独自一人扎黑牛毛帐篷，我一眼看出那个帐篷所用的牛毛算得上是顶级的好牛毛，不知被哪位拥有超高手艺的人费心地用牛腿骨碾成一团团毛线，再被擀毡师擀成一条条牛毛毡，再经过诸如此类的工序，直到一座崭新的帐篷完成。他一个人艰难地展开帐篷，但帐篷里的横梁一个人是怎么也立不起来的，外面又没人拉网绳，但他一点也不着急，慢吞吞地按照自己的办法在做事。我听见了一种细微但独特的哀鸣，就在下面，离着延伸出山的路不会远。这叫声绝非狐狼之类，不似飞禽，那到底是什么？我走下凸起的路面，蹚过一连串的将土路斩断的小溪，终于在两道铁丝网之间看见了它们，原来是一群三四个月大小的小石羊，我猜它们刚断奶不久，因口渴下山来喝水，却被困在两道铁丝网之间。这里的第二道铁丝网是公家免费给藏民拉的，连水泥杆子都被涂染成了绿色，有这种好事当然好。公家拉的铁丝网够结实，和原来的一样高，想在它们这个年纪跳出去想都不用想。铁丝网像一个狭长的监狱，把它们困住了。看见我跑过去，一只莽撞的小羊奋力一跃，想要跳出八道高的铁丝网，但它一没有奔跑借力的地方，二错估了自己的跳跃能力，所以被毫无意外地搅挂在了铁丝网上，它古怪尖锐地嘶叫着，挣扎着，铁丝网剧烈颤动但依然牢不可破。被铁丝交叉勒住的前肩、大腿和刚刚冒头的小犄角根处都冒出血沫来，它的眼睛也在短短的瞬间布满红血丝……由于惊恐难以自制，它很快透支完了全身的气力，像死了一样吊在那里。我到了近前观察，它的眼睛弱弱地转动着，哀求地望着我，鼻子里也流了血。

其他的同伴们远远地挤在一起，猜测我这不速之客的目的。遇到这种事情我从来不会袖手旁观，而且对我来说轻而易举。我稍稍退后几步，将犄角伸进铁丝网里——是交叉夹着它的前肩的那两道——用力一拽，一道铁丝应声而断，另一道也紧随其后。它的前半身解脱了。我如法炮制，把夹着它后半身的铁丝也弄断了。它摔倒在地，然后迅速跳起，一瘸一拐地走到羊群里去了。我好事做到底，把剩下的四道铁丝全部弄断，相当于在这里开了一道大门，只要它们不是蠢蛋，逃出去是绝对没有问题的。

至于破坏的铁丝网是谁家的我都懒得去想，搞出这样一个长长的不伦不类的东西本来就是他们的不对。我好像听旭尔干和人聊天时说过，新的铁丝网是和保护野生动物有关的，那么我的做法更是理直气壮。我破坏铁丝网已经成为一个癖好了，自那年第一次在小曲陇为了逃跑而搞了破坏之后，那种铁与犄角的摩擦对我产生了深远的影响，我一发不可收拾，这些年悄悄地破坏的铁丝网不计其数。我从这件事中发现并扩大了快感，体会到美妙的乐趣。渐渐地，于内心深处，我已隐隐把它当作一项辉煌的事业在做了。

我在路边金露梅丛中吃了几口草，在一汪冒涌的泉水池里喝了水，其实并不渴，我喜欢清澈的泉水流进喉咙滚动时发出的那种沉闷的、迟缓而低吟的响声。尤其是持续不断的时候，好似启动的火车。

对面是莽莽的重重叠叠着展开去的青色山峦，除少有的几个山顶，其他的地方高山柳和灌木丛分上下两层把持得泾渭分明。为了节省路途，我钻入了林中。刚走了一会儿，我踩进一簇杂草中，意外地惊起了一只出生不满十天的小鹿。它差一点儿就惨死于我的巨蹄之下，它颤巍巍地倚靠着我的腿，大概以为是一桩大树干。好一会儿才察觉到不对劲，倚靠的"树干"毛茸茸的，而且乌泱泱的，热乎乎的。它沿着"树干"仰起头，漂亮的双眸宛如两颗圆溜溜的羊粪蛋，聚焦于我的鼻孔和下颚，随后它弱弱地再瞥了我一眼，朝四处呼唤母亲。但这位母亲实在粗心，早已不知去向。就算它喊破喉咙也听不到了。

它一直跟着我，到了下午，它就不行了，虚浮的身子摇摇摆摆，有一声没一声的叫唤弱不可闻。

它这个样子，让我想起儿子，他同样是这么弱小，不知道他现在怎么样了。

我开始为这个小家伙操心，设身处地地为它着想。它的母亲要找它，最有可能的是顺原路找回去，这是母性的本能。那么，我只要回去，在发现它的地方等着就可以了。那头粗心的母鹿倘若往回找，一定会看见我们的。也不能排除母鹿已经找过那里，没有发现又离开到别处去了。但无论如何，在那一带滞留等待是最好的办法。

我很懊恼，早知如此当时就该等待着。说不定这会儿小家伙已经吃饱了屁颠屁颠地紧跟着它娘了。而现在，我担心它到底能不能走这么长的路。它眼看着就走不动了。事实也确实如此，返回的时候没走多少路它便停下来，或者可以说直接卧倒了。怎么叫都不起来。而恰在那时我缥缥缈缈地听到一头鹿的哀鸣，虽离得很远，但我感知到那是一种发自肺腑的悲戚的呼叫声，小家伙在听到那血脉中的呼唤后立马有了精神。它用最大的呼喊回应，但终究是弱小，声音几乎走不了多远。它很着急，分不清声音的来源。于是焦急地叫着，一面胡乱闯进了一方密林里。我赶紧用嘴轻轻噙住它，无视它的挣扎，朝我认为可能性最大的方向走去。

嘴里叼着一只小鹿有种奇怪的感受，我第一次干这种事情，尤其古怪。它每扭动一下身子，我的舌头就麻飕飕地逃避一下。其余的时候舌头也一直蜷缩着，不敢触碰它。要说我的舌头粗糙、肥大，整片都长满细小的倒刺，又历经多年的锤炼，能吃的、不能吃的东西基本上我都吃过，偏偏如今，却对一个小家伙的身体谨小慎微。从前我在某一次的流浪之中看见过一条狗嘴里叼着自己的三个孩子奋力逃跑，以躲避一条公狗的残暴追杀……那时候我就想，如此智慧的举动真是一件很拉风的事情，所以格外想试试。可就在刚才，脑海里灵光一闪，我甚至都没多想，就把它噙在了嘴里。它当然没反应过来，等搞清楚是怎么回事时我已经迈开大步，横冲直撞地朝一个方向奔去。因为在那面，声音愈来愈清晰了。

有一道身影一闪而过，并发出独特的颤动嗓喉的靡靡之音，密实的木林遮挡了我的视线，但我知道是母鹿来了。我丢下小鹿离开，过了一会儿，它们母子团聚的欢快声音传来。

傍晚时分，水汽突兀而古怪地弥漫地表，一阵阵青灰色的雾霭侵过，毛发表面也沾满晶晶亮亮的精灵。太阳在一个小时以前被一整片从天边遮天而来的乌云取代，几乎下一秒，天色换脸。我远离固有地盘，踏足一个分外陌生的地方，因为我想以多年的经验判断出一条捷径来，但没想到走到这一带后迷路了。搞得我晕头转向的迷宫般的牧道到处都是，好似整片草原全被修成了牧道。我是翻过同宝山来到这里的，打算横穿上热水滩的深处，但是没想到，这里的地形地势是如此复杂，直叫我欲哭无泪，叫天天不灵，喊地地不应。经过再三确认，我踏上了一条呈东西走向的牧道，如果运气好的话，应该能到热水亭那里。但被这么一打击，我果断放弃走捷径的心思，还是老老实实走"大道"，好早点到达沙漠。我无时无刻不在担心他们母子是否已经离开了？

我终于穿过许多牧道，来到公路边。

公路上的车流串联起来，无休无止。比起冬春那时，拉煤的货车似乎减少了，各种各样的小轿车令我眼花缭乱。渐渐地使我产生一种对色彩的恐惧，而我打小就对过公路天生有着逆反心理，我总觉得我的速度还很遗憾地没有汽车快，在我过去的时候会突然过来一辆闪电般的车，把我毫无可比性地撞飞。即便是公路上空无一物，我也觉得当我踏上油墨的路面那一刻，有东西正在朝我飞速而来……于是若无必要，我几乎很少过公路。更别说，像眼下这么繁忙的时候，我退后了，远远地听着公路上呼啸的风声，即使我闭上眼，视野中几乎全是汽车留下的影子。我在等，在等一个同胞或别的什么，哪怕是骑马的牧人也行，只要有个伴儿，我就不怕了。

我越来越怕死了。

耐着性子等了一个半小时，连个影子都没有。眼看着天就要黑了，太阳一点点地往圣湖里掉。离我那么远，但湖面却是那么清晰、那么美，红得像闪耀的火。面对此景我突然壮了胆子，撒开蹄子奔向公路，我的眼里、心里不再有公路和汽车，而是令我迷失的红光。一恍惚间，我已经奔跑在公路这边广袤的草原上了，一条笔直的、干净的、无物的牧道通向红光满面的圣湖，我就在这"跑道"里全力奔跑。感觉不到累，越来越快。圣湖近在眼前了，但总是差那么一点距离，就是到不了。夜幕拉开，身后阴云沉沉，但圣湖之上是洁净的纯粹。几颗勤快的星星出现了，就在我的眼前，像果实一样引诱着我继续向前奔跑，永不衰竭地奔跑。

天又亮了，我不知疲倦地跑了一夜。终于看见了阿姆。谢天谢地。谢天谢地！阿姆和儿子没有离开，过去了这么多天，他们依然在小小的绿洲里等着我。看着亭亭玉立的阿姆，我放快脚步过去，和她并肩一起，回眸给她一个最温和的眼神。我们凝视对方。

"你来了。"她说，"你看，我们的儿子真棒！"

可不是吗。我们的儿子真棒啊，他整整大了两圈，几乎就像我刚出生时一样大了。而且站立得那么坚实，目光也是那么坚实，他已经开始调皮了，一刻都不安静。他并不在意我，也不关心我的到来，他更不知道我是他父亲。但没关系，他会知道的。

在这片小绿洲里，我们待了一整天，养精蓄锐。到了晚上，我们一家三口出发了。我们并没有沿着海边前行，而是潜行于异常茂盛的蒿草中，除非有人刻意为之，否则是发现不了我们的。黑夜给了我们黑色的保护，不用那么费劲地藏行了。蒿草丛中长时间地穿梭，竟使我产生了灵魂逃脱于壳窍，融入于荒野的快感，仿佛跳跃了若干个时间段而置身于极其陌生的地方，四野全无蒿草与海、沙滩。有的是茫茫的细雪，宛如白沙从天而降。黑夜的黏稠前所未有地阻挡了我的视线，一个五米见方的自然牢笼约束了我。这股力量是如此强大，我为冲破它离去而累得鼻孔流血，最后精疲力竭，瘫倒在地。我闭上眼，看见阿姆在一步步朝我走来，她每走一步，周围的黑暗便退却了，消失了。等她站到我身前，黑暗全部隐去，光亮犹如潮水袭来。我睁开眼，身上披着厚厚一层雪白的细沙。这沙像衣服，像毛发，久久不愿跌落。

# 第十七章

连日来都在下雨。烧柴成了问题。天气寒冷无比，宝音为了节省柴只在做饭时烧火。毡包里冰冷如窖，除了没有风，跟外面没什么区别。心情糟糕透了。我俩吵了几句，一整天没有说话。

我想，我该找个借口去看望白玛格妮了。但其实不用找借口，因为小妖已经消失了好几天。这次，宝音觉得心慌慌的，说她真怕我们永远失去它。我安慰说不会的，然而我确实也感觉到了一种有别于之前所有寻找的压力，静悄悄地产生了惶恐。

我简单准备了两件防寒衣物和食物，带了一个保温杯，依然还是骑着坦克。只有它在长途跋涉中不会出现问题，自从把它从罗藏旦增手里买回来以后，它已经是我最可靠的伙伴。我嘱咐了一些事情给宝音，她听得心不在焉。我忍着怒火说：

"你听清楚了没有？"

宝音茫然地怔了怔，说：

"以后，你别再打它了。"

我说：

"我不是跟你说过吗，我本来就已经很久没有打它了。"

宝音说：

"展览的时候你没打吗？"

我说：

"没有，你听谁说的？"

宝音说：

"你打了，你用改锥捅它的大腿。"

我重新交代了一遍。她一言不发地看着我离开，那眼神，有点毒辣且冗长。我几乎算是逃之夭夭了。我在路上琢磨，事实上，她是早已知道我这点事儿的，可能有时候我表现得过于明显了，这些年夫妻，她不需要去调查，她认真看看我便可了解情况。所以我现在是什么情况呢？被她默默观察分析着，她甚至能够猜到我的行程，甚至是我说的话和表情……我是不是有点小丑的样子？

给白玛格妮的毛衣我放在红岩洞那里。为了不让别人发现我花了很多心思。这过程其实让我很难受，一方面我背着宝音搞这事实为不耻，一方面为了爱情我宁愿遭受耻辱。我对自己说，我要是能管住自己，又怎么会有爱情呢？

进山的路上空荡寂静。畜群一个不落全部在这座山谷最深处了。坦克一步步瓷实地踩踏在一尺深的羊肠小道上，鬃毛随身体动作歪歪地飘动着。它身上的马味浓郁，令人安心。大约在早上九点和十点之间，阳光的线条还是一点斜斜的样子，河谷低处的水流呈现出一副黑面孔，那些闪烁其间的亮点像一个个小小的白洞，吞噬了整条河水的光。我拿出保温杯喝一口热茶之际，红岩洞在望了。

毛衣是包裹在三层塑料袋里的，我检查了，完好无损，没有任何动物碰过。我去掉最外面有些脏的塑料袋，将毛衣装进褡裢里，拍拍褡裢的外面，一时心满意足。无论如何，眺望看不见的那个开满水晶花的地方，我归心似箭，催促坦克，以最快的速度翻越山梁和垭口，下午来到最后一个阻碍视线的山坡，翻过去，她家便近在眼底。

她家门前的马桩上拴着一匹马。我弄出了一些响动，毡包的门帘掀动，斑玛达日结和她一道出来了。斑玛达日结一看是我就嚷嚷是不是又在找小妖（这句话有那么多人问，仿佛可以代表我的一个身份）？

我附和地说是的，从展览回来不久又跑了。我婉拒了他的好意自己拴了马，不动声色地说：

"我要穿过你们这里，去俄日盖。我没有打扰到你们吧？"

白玛格妮将门帘掀到毡包上，怒叱我狗嘴里吐不出象牙来，一边叫我进去。斑玛达日结说："看你样子是今天刚出门。"我说没错,这次我有直觉,它就在俄日盖一带。他说:"瞧啊,你都寻找出真理了。"

毡包里的矮桌上放着一个茶碗,有半碗奶茶。斑玛达日结主人似的请我坐下。他坐在主位上。白玛格妮给我端来茶,我非常客气地说:"谢谢,打扰了。"白玛格妮说:"你像一个英俊潇洒的流浪汉这样频繁地外出,你老婆同意吗?"我说:"生活所迫不得已。你也不想这样看到我对吧。"白玛格妮闷哼一声说:"无所谓,关键还是得信任,你老婆信任你啊。"我说我就权当这次你是开玩笑了,但我一点也没有当玩笑。白玛格妮不再说话,开始给我准备饭食。我和斑玛达日结聊起来。他最近很焦虑,生活中的一大问题是政府的政策太多又太复杂,似乎是专门用来骗他们这些只能简单理解事物的牧人的,为此他保留着自己的警惕和观点,绝不轻易相信任何人。

"那些当官的,说话做事,第一个考虑的只有自己的官帽子,但他们对我们说好话的时候,就好像天大的好事是他们白白给我们的一样。"

"可不是嘛。那句话怎么说来着,只有遗漏的,没有抓错的。有一个是一个,全他妈是贪污犯,但摆出来的样子好像是为了我们呕心沥血一样。"

达日结颔首接话:

"对啊,就是这样。我如今可算是明白了一件事,人啊可真不能看相貌判断,你看他慈眉善目的那么亲切,其实是个吃人不吐骨头的魔鬼，长得越好看的人，越不是东西。"

我们说了很多话，渐渐地我释然了。原来他来这儿是请求白玛格妮宽恕的。他说："我欠着白玛格妮的一笔钱呢，真是不好意思，我们说好是这个月还清，但是，这事现在把我难住了，我凑不出这笔钱来了。"他小心翼翼地看一眼白玛格妮，接着说："我过来跟你商量一下，看看能不能再多给我一段时间，我会凑出来的。"白玛格妮背对着我们，有点委屈地说："多一些时间是多少时间？总不能没有个期限吧？"达日结赶忙说："不用太久，你给我一个月就行。"白玛格妮不说话了。我问他，到底多少钱？达日结结结巴巴地说几万块钱。我说到底几万啊。白玛格妮说："三万八千块。去年他遇到急事需要钱，我刚好能帮到忙就帮了。可是我也不是银行，我也需要钱。"她转身，居高临下地看着达日结，"按照你说的来，下个月的今天，你要把钱带来给我。"达日结满嘴露大牙地笑，说："一定一定，下个月今天一定还钱。"然后他好似心满意足，站起来要告辞。白玛格妮说着什么急，吃了饭再走。达日结说："不了不了，你们吃你们吃。"白玛格妮拿着毛巾擦着手，和我一起将他送到马桩前，我们握手道别。

看着他骑马走远，白玛格妮丢下我自个儿回了毡包，我从马鞍上取下褡裢，提到毡包外面放下，取出装毛衣的袋子，我走进去站在炉子边上，顺手提起茶壶，给自己的碗里填满奶茶。"你要不要喝一碗?"我问她。她"嗯"一声,专心致志地在切一枚皮蛋。皮蛋的独特气味弥漫开来,混合于奶茶之中,刺鼻而惊奇。我嗅着这种味道,移动到她身后,在一个看似贴身又其实没有的位置停住,越过她的肩膀看她手的动作。她用眼角觑视着我,说:

"你干什么?"

"看你做饭啊。"我说。

"走开。"

"不行。"

"快走开,我痒痒了。"她说着缩缩脖子,浮现了笑意。

我将毛衣递到她眼前。

"什么"她说。

"送给你,一个小礼物。"

"我不要,不要。"她飞快地看眼毛衣,低下了头。

"一件毛衣,专门为你买的。"我说,"来,我帮你试试。"

"哎哎,你干什么,别动。"她阻止我,嗔怒地说,"你毛不毛躁,我自己来。"

她洗了手,拆开盒子,将这件暗红色的带有三角形几何图案的毛衣抖落出来,她展开它,在身上比较。拉远一些,再拉进贴身,再比画。我催促她快试试。她"嗯"地答应,叫我出去。我故作惊讶地说为什么?她说那她不换了。我说你换,我转过身子。我转过身子,慢条斯理地想,假如现在进来一个人,看见我们这种样子,然后以他(她)为扩散口,其局面和结果会是什么样子?我猜测如今一定已经有了关于我们的一些传言,比如达日结。但如果他是个聪明人并打算以后依然想得到白玛格妮的帮助,那他就不会胡说。不过,可能是意想不到的人知道了意想不到的细节也未可知。身后窸窸窣窣的穿衣动静,我转过身,看见她刚好脱了衣服,只留着一副黑色的胸罩在身上,她弯腰正从床沿上拿起毛衣。她说:"早知道你狗改不了吃屎。"我说:"你真狠呢,我不能看吗?"她赤裸的皮肤因为空气中的寒意而瞬间布满一层细微的颗粒。套毛衣时摩擦出的静电滋滋作响。她的头从毛衣里伸出来,挑衅地说:"你不是脾气大甩脸子吗?怎么又停下了?"我尴尬地笑笑:"别污蔑我,我不是聊得很好吗?"她冷哼一声,"可是我感觉到你对我说话含沙射影呢。"我说:"没有。没有的事,你多心了。哎呀呀,刚刚好合身,而且,这么漂亮,你让这件毛衣美丽绝伦,提升了它的品格了。"她一副受不了的样子,说:"你这个人,就会满嘴跑火车,没有一个正经样子。"我说:"干吗要正经,正经一点也不好玩。"

她想脱了毛衣先省着。我说现在就是最应该穿的时候。她也没再坚持,她拒绝了我的帮忙,说我陪她说说话就行。我说那我说说我的一些想法,或者是计划,还有关于昂沁夫的事。她说不要说这些,她现在不想听这些,我们说点别的。我说可以啊，正好我也不想破坏这个美丽的下午。

我们聊的是小时候的和少年少女时期的往事，一说起这些，我们都有说不完的话题，一个接着一个，仿若从身体里滚落出来一枚枚植物子儿，乒乓而来，凭空发芽生长。她用平底铝锅炙煮的米饭熟了，米饭锅巴的味道丝丝缕缕飘游在毡包里；她炒的菜也好了，一个是牛油荷包蛋，一个是红烧牛肉茄子，里面煸炒了葱姜蒜，令人食欲大开，还有一道汤是干豆腐白菜汤，里面有火腿肠颗粒。没有任何人或者什么意外来打扰我们。天空上的蓝色脆生生的，几道丝状的云拉开帷幕似的静止在蓝空中。毡包门帘随风开合，往毡包里送进来一阵阵规律的微风。白玛格妮打开录音机，放了一盘梅艳芳的磁带。她站在碗柜前，扭身朝我婉然而笑：

"我特别喜欢听她的歌，你喜欢吗？"

"我也喜欢听。她的声音好。"

"好在哪儿呢？"

"她的声音又阔又圆，听到的不散，集中得又不刺激。你知道我们经常朝远处的人喊话，声音穿过空间和时间，变得那么散，几乎就是七零八落，所以我喜欢集中的声音，集中的音乐，她的声音又是集中的声音里最润畅的，像最安静的水流声。"

"你说得好好啊。"她走过来，主动亲了我的脸颊。我伸手去搂她的腰，但她躲开了。笑嘻嘻地说：

"我们要去干活了呀，都快傍晚了。"

"又是一个美丽的傍晚吗？你记得我们的第一个傍晚吗，那是多么美好的回忆。"

"而且和现在又何其相似。"

"相似的风景，不变的情感。"

"哦，真的没有变吗？"

"变了，变得愈加地爱了。"

白玛格妮轻哼着走出毡包，在外面说道：

"你的坦克，是不是该让它休息了？它好稳当的样子。"

"它的确很稳当，要不你骑着它去赶牛。"

"那你呢？"

"我也骑着它去赶牛啊，我骑在你后面。"

"不行，你是想让那些人笑话我吗？"

"好吧。那你去吧。"

"我去。你在家等着吧……哎，蒙古男人。"

"在，小小妖精。"

"我有一件事想和你说。"

"你说啊。"

"不行，我回来说，不能随便说。"

她骑着坦克去了。我在门口听着梅艳芳的歌站了一会儿，进去毡包，躺在她干净棉厚的床上，深沉地睡着了。

我应该是被自己紧张的心跳刺激醒的，醒来后一会儿，那股奔流的心跳好似重新开始一般，刹那间将我镇住了。心跳的剧烈让我满头大汗，身体出现了短暂无力的虚弱状态，坐在床上不能下来。我环顾帐房，空气冷冰冰凝固着，没有格妮回来过的样子。我下床看炉子，炉火已经熄灭了，茶壶上有一层薄薄的灰烬，帐房上面出烟囱的小天孔，有淅淅沥沥的雨水顺着烟囱流下来。如果炉子烧着火，这些雨水会发出嘶嘶啦啦的惨叫，流不到一半便被烧干了，但现在都顺利来到烟囱根处，摊开在炉面上，像一团幽黏的胶水。

我走出帐房，外面真的在下着小雨，但帐房里什么都听不到。突然一只淋湿的小鸟扑棱棱飞到帐房的一角，狼狈地用两只脚抓扣住了钢管的边沿，它第一时间甩动翅膀，震开雨水，而后盯着我看。我不认识它，但我显然经常看见它。它的脑袋又红又小，翅膀最大的几片羽毛和尾尖都是白色的，在被雨水浸湿了后也可以闪出银光。所以这几片羽毛和尾巴干爽的时候，很有可能是另外一种颜色。对视了几秒，我越过它的身子，从帐房的一边开始搜寻雨雾中格妮的身影，一直到帐房的另一个边角，没有看见她。我走到帐房后面，视所能及的地方也没有。我猜她的牛可能散开到好几个地方去了。回到帐房戴上帽子，把雨衣拿出来穿上，再次出来时惊动了小鸟，它冒着细雨飞入隐雾中。我突然觉得，我应该去找格妮的方向就是它飞走的方向。雨雾中只能看远几百米，我留意地上的痕迹，没有发现坦克的蹄印。它的蹄子那么大，很容易发现。我估算了几种可能，还是觉得去山谷里的概率更大一些。这个山谷就是上次我离开的那个山谷，也是格妮家附近最大的山谷。在山谷口，我以最大的声音喊了几声，期待的回复没有出现，说明至少一千米以内她是不在的，我又开始犹豫要不要进去，但如果换另一个地方该去哪里找呢？河滩那一带一只牛羊都没有，而这种雨天里它们是不会过河去的。剩下几个山谷，有纵深的只有这个山谷。我再喊，回声很弱，也有可能声音没有传递到里面。这时候四周好像突然安静下来了，雨水落下的线条看不清楚，没有声响，我身上的雨衣闹出了最大的动静。我要听听什么，就得停下来，控制好呼吸，伸出去耳朵。只要有一两声牛的声音出来就好了，可是没有。这太诡异了。好像这场同样怪异的突如其来的雨消弭了地上的一切。连风也没有。

我看看时间，是下午七点。

雨天天黑得很快，我已经看不到几百米远了。真正的担心也从这一刻开始。我加快了进山的脚步，如果有一匹马代步，我现在已经可以从山里出来了。人一旦没有了帮手，真是孱弱得一塌糊涂。

我的鞋很快便湿透了，雨裤裤腿也一直在滴水，草地上的草，看着好像并不高也不茂密，可一旦走动起来，每一棵草都能从自身弹射出一连串的水珠来。大气压得很低，有新鲜草原的味道在弥漫。我没走一千米，天色全部黑暗了，这时候我反而不急，我不再有选择，只能认真将这个深谷找一遍，我观察两边的山体，大概估摸到此时身处何处。往前接着走五百米，山谷左面的这些山坡中最大的一条沟壑就到了，那里现在肯定已有浑浊的小溪出现并迅猛地冲向谷底，像一条土蛇。不过，我没有到那里，有一会儿我的耳朵突然接收到了一些异样的声音，我停下了，过了十几秒钟，就在我憋着气需要换一口时，我听见了说话声，但听不清是男声还是女声。

# 第十八章

祁连山。我们脚下的山脉就是祁连山。

祁连山是一条连续山脉，处于青藏高原、蒙新高原和黄土高原的交界地带，其自然环境独特，东西全长近1 000千米，南北宽400千米，有无数冰川和河流，从西到东，祁连山的主要山脉有冷龙岭、托来山、托来南山、疏勒南山、青海南山……自北向南又有许许多多的山沟峡涧、湖泊和谷地。

以上是我对生活了多年的祁连山基本轮廓的了解，但我还知道很多很多。我生活的地方，并不是真正的祁连山，真正的祁连山是一个荒凉的，野生动物繁多而没有人烟的地方。那是无人区。我想要自由，保护我的家人，不能在有人的地方。有人的地方没有安全。所以我要到没有人的地方去，祁连山腹地就是最好的选择，那里有一个地方叫野牛沟，生活着数不清的野牛。我相信，那里就是我要找的地方。

我带着妻子阿姆和儿子大壮,昼伏夜行,如此这般,已有七天。在第七天夜里,我们沿着一条简易的小路走,突然就被重重的危机感包围了。耳边沙沙声密集地响起,有阴影在周边一闪而逝。黑黝黝的夜色中,阴森残忍的绿色鬼眼分外醒目,我知道那是什么。我们被一群草原之王包围了,但对此,我早有心理准备,所以并不意外。

我朝阿姆哞叫一声,让她保护好儿子,同时一股强烈的兴奋让我战意盎然,浑身热血沸腾,一股摧枯拉朽的意志力,从腹部冲起,直逼喉口,我大吼一声。四周的绿色鬼眼忽地消失。但我知道,它们不会因为一声叫喊而退却的,它们在等待时机,等待我的气焰从最高处一点点地跌下来,直至消沉。这是它们惯用的伎俩,也是最难以抵抗的。我当然不能如它们所愿,既然战争无可避免,我决不退缩——其实也没有退缩的余地——决不胆怯。

绿幽幽的眼睛再次若隐若现,而且离得更近了。它们现身了,目测到的有六只,但隐藏在黑暗中的还有多少不得而知。这六只狼并没有我想象中的那么大。

战斗立刻开始了,靠近左侧的一只鼻梁上有伤痕的家伙率先发起了进攻,而它旁边的那只也紧随其后,它们奔跑两步后一跃而起,目标是我的背脊。只要它们站在了我的后背上,那我想要把它们摔下来就得费一番大功夫。我瞅准时机,猛地跳起前蹄,我们的距离已经非常近了,我以最快的速度一摆犄角，将角尖对准离得最近的那只狼。这家伙刚有所反应但已经晚了，我的犄角轻而易举地戳破它侧面的皮，直接一通到底，角尖有三四寸从另一面冒出头来。可怜的家伙哀叫着挣扎，但越是挣扎我越是甩动犄角，冒着泡的血顺着犄角流下来，流到我的头上。

我将它摔到地上。

另一只在我移动犄角的那一刹那就已果断撤回了。

它们看着死去的同伴不声不响，并无退却的意思。它们低声地相互通气，然后发动了第二次攻击。这次它们一拥而上，五只狼从不同的角度朝我飞跃而来。一时间我的眼里全是它们的身影，这种时刻我不可能全方位地保护好自己，只能一边防好脆弱的部位，比如喉咙、眼睛以及下身不受伤害，一边奔跑，围绕着阿姆和儿子，一边伺机进攻。有两只去攻击阿姆，我瞅准时机挑破了其中一只的肚子，它受了严重的伤，可我也不好受，虽说我的皮子比一般的公牛要厚得多，但禁不住两三只狼在我的周身又抓又撕咬，一会儿工夫我就受伤了。我又将一只家伙连踢带戳地弄残了，比那只更严重，至少它的一条后腿和肩部都有骨头碎裂了。阿姆被围攻了一次，嘴巴被撕烂了一片，她破相了。但她把儿子保护得很好。

它们战员去除一半，退回，仰天长啸。果然，不一会儿多出来了好几只。我依然搞不清哪只才是头狼，它们全都一个模样，大小无甚差别。它们又添加到九只了。

我感到极大的压力，这次它们的战术大有不同，它们分成两个分队进攻我和阿姆。但我们已经不知不觉地退到了一个对我们比较有利的地形中，这是一个小山崖，阿姆和儿子退到山崖凹处后，至少减少了两个面的进攻。我堵在外围，最多的时候面对七只狼的全面攻击，虽然弄死弄伤了几只，但我的伤也越来越严重了。背上也火辣辣、黏糊糊的。好几次，身后差点儿失防，拼了受重伤的风险才将一只钻空子的家伙击退。不能再让阿姆受伤了。

几个小时过去了，战斗还没结束，双方都伤痕累累。它们损失惨重，仅剩五六只还有战斗力，我也好不到哪里去，我从前腿到胸、从肩头到后脑密布大小不一的伤口，血一刻不停地在流。我已经无法有力地挪动步子，我怕一不小心就会摔倒。一旦倒下去我就再也别想站起来。

事到如今，它们一点儿没有要撤退的意思。那只狡猾的头狼就在这几只当中，但我依然没有头绪，在百忙之余，我一直在暗中观察，我想头狼发号施令时自当露出马脚。但是没有，这群邪恶的家伙乱喊乱叫，搞得我一团乱麻。而这个局面，似乎是我一生中最危险、最艰难、最残酷和最英勇的时刻。真有意思，我刚要回归自由，自由就给我来了一个下马威。好像过去那些年我的安宁，就是为了换来这一次的危局。

一个艰难的夜晚即将过去，它们果断地撤退，一眨眼全部消失了。

我矗立良久，动不了了，也早已不知疼痛，浑身麻木。一阵阵虚弱袭来，几乎将我击倒。我知道我一旦倒下就会像那些狼尸一样成为静物，成为幸运者的美餐、大自然的一部分肥料。养母的谆谆教导犹在耳边，一遍遍鼓励我。我一步一步迈出步子，我去吃草，摄取能量。

阿姆的嘴唇并没有我想象得那么糟糕，虽然伤势好了会留下难看的伤痕，但不会影响到进食。这就是万幸。

晨曦初现时分，我沉浸在自我喂养的过程中。日头一寸寸升高，气温也一寸寸升高。裸露的伤口几乎被光芒燃烧了，成群结队的蚊虫向我发起一波一波的攻击。身上每一处都沾满了吸食血肉的小不点。我知道这些小东西大有害处，会使我的伤口发炎、出脓、坏死……

于是我来到河边，沿着河边一直找，在一个急急的拐弯地带发现了一大片呈黑褐色的光滑如水的淤泥。我毫不犹豫地朝着淤泥侧卧下去，淤泥和伤口一相遇立刻产生了强烈的反应，巨大的疼痛差点让我晕过去，但紧接着，一阵冰冷清爽的感觉从伤口处传开，所有已经覆盖了淤泥的地方都舒适了、安静了。我掉过身子让右侧也覆满了乌泱泱的毫不起眼但效果显著的淤泥。这下子，蚊虫再也占不了我的便宜，而我也仿佛没有受伤般舒服了。我不禁为自己超强的恢复能力感到自傲，平心而论，换成任何一头牛，都会就此一命呜呼。

我振作起来，我们接着朝祁连山方向进发。经过一段全无停息的奔波，正午阳光最强烈时，大地像是在燃烧自身，所见之处毫无例外地冒着虚妄但刺痛眼目的烟雾。在这煎熬中，我们总算找到了几丛兀自存活在烟火中的灌木，正紧紧地相拥在一起抵抗烈烤。枯绿色的细长的叶子卷成一团自我防护，枝干像涂了一层蜡一样白。植被不高，勉强有一小块阴影投在沙地上。我们轮流在那块阴影上纳凉，聊胜于无地安慰着自己。

天空一碧如洗，要求出现一片云是不合理的，但风的消停和避闪一度使我非常恼火。大壮被烫得惶惶不安，使劲往树的缝隙里钻，被我顶了出来。一旦他半个身子进去了，就别想自己出来了。到头来还是得毁了他。到了下午，我们已经在那团荟萃的阴影里轮换着待了近三个小时了，无论如何都要赶路了。我们行走的方向大致还是西北方向。偶尔也会改变一下，也仅仅是为了绕过一些山头什么的。慢慢地，烘烤大地的毒热在消退，虽然并不十分明显。我憋着的一口气也不觉地松动了，疲倦如同大湖的波涛无休无息，多么少见的情况。这一份沉甸甸的责任比我预想的要艰难得多，我心生警惕，多一份责任就多一份出意外的概率，我必须得做好更多的准备，尤其在今后，我们相当于活在所有意外当中……

夜晚降临，草原因为被热气蒸腾了一天，现在缥缈虚幻，格外不真实。那些远远近近的山峦在薄薄的云层遮挡的月光下随意变幻着自身的相貌，于是一片地带在我眼中以千奇百怪的景象就出现了。当那微弱的月光全然隐没后，大地一片昏沉沉。草地泛着土黄色的微光，咝咝地响。

狼嚎再次乍起，远近无法辨别。好在仅是听到了一两声独狼的哀诉，所以并不是太担心，但是我睡不着，对即将面临的生活的忐忑是一个重要原因。我一直没跟阿姆说，怕她担惊受怕，也怕她的情绪加深我的担忧。

阿姆和儿子已经累坏了，我找了个不会被驱赶的牧道，等填饱肚子，我们接着赶路。我不断估算，距离祁连山腹地越来越近。

我们都睡了一觉。

又一个黎明，我叫醒阿姆。我们一起看着她肚子下睡得安详的儿子。儿子的身体越来越好了，这几天的赶路，我们感觉到他体内有着强劲的力量在延伸，他的胆魄、他的定力和勇敢都让我们高兴。而且，我越来越明显地感觉到他正在成长为我的样子，我不知道我是更多欣慰还是更多担忧，复杂的心境让我在面对儿子的时候，很难从客观的角度去判断。但我爱他。

这一天的路途一帆风顺，到了夜幕降临，我们已经来到了我曾经多次来过的青海湖乡的地界。这个平滩里的大石头是远近闻名的，我们进入山谷时，天色已经完全黑了。我们先在树林子中躲避了前半夜，填饱了肚子。凌晨三四点，养精蓄锐够了，我们朝山谷深处走去，只要翻过山垴最深处的一道梁，再走个一两天，真正的祁连山腹地将会在我们面前展开，崭新的生活将会在我们面前展开。

我们快要走到山谷深处了，天色渐渐变白，山谷中雾气弥漫开来，我听见了一个男人的哭泣，就在我们的前面，还来不及躲避，那个男人已经在浓雾中现身了。从他第一声出现，我就知道是那仁，但当我清楚地看到他，我还是吃了一惊。我见到那仁最悲惨的一面，他完全封闭在自己的世界里，根本看不见我。他抱着一个女人，一片殷红的血迹花儿一样在女人胸前晕开。

# 第十九章

我大概弄清楚了声音的来源，朝那个方向走。声音还在时断时续地传过来，接着我听清楚了，声音有男人的也有女人的。是两个人在对话。再靠近一些，格妮的声音就很清晰了，但那个男人的声音听不出来，可又给我一种非常熟悉的感觉，我停下了认认真真地分辨，都忽略了他说话的内容。突然我心里震了震，我听出来是谁了，是昂沁夫。他来了，他怎么会来？他来干什么？而且还和格妮偷偷摸摸在山谷……一瞬间我有千百个念头在脑海中掠过。我似乎还有一点点晕的感觉，这让我很警觉地蹲下来，在很有可能发生的晕倒来临前掌控好自己，我已经快速地做出了选择，那就是一定不能让他们发现我的存在，一定要搞清楚他们在干什么、在说什么。

我再次预测，我和他们的距离按照说话声音的接受度来判断，约莫是三百步外，四周黑得像一团墨，我可以更靠近些。空间可以像橡皮筋一样无限延伸，我靠得越近，对空间的感知越迟钝了，好几次他们对话开始，我只能停下来，费尽所有的精神集中在耳朵上，依然听不全面，但可以确定一点，他们是刚刚见面，说不定我听见的第一个声音就是他们的初次说话。因为昂沁夫说："我也刚到这里，没想到遇到了你。"格妮说："你来这里干什么？"昂沁夫说："你说你来收牛，都在这儿吧，你怎么这么晚来山里，你不害怕吗？"格妮说："我怕什么，怕你？"昂沁夫说："又是一个下雨天，你胆子真大，我帮你赶回去吧。"格妮说："不用了，你来这里干什么？"昂沁夫说："我是路过的，遇上了下雨，我想去你那里避避雨。"格妮说："不方便，雨又不大，你可以接着赶路，几千米外就是斑玛达日结家。"昂沁夫说："我和他不熟。"格妮说："你很不要脸，好像之前的事情没有发生过似的。"

昂沁夫干巴巴地笑了两声，然后是用脚踢飞牛粪的声音。我极力朝那个方向观察，但根本看不见任何东西。现在我和他们之间的距离只有几米，我不敢轻举妄动。我蹲在地上，像蓄势待飞的老鹰畏缩着脖子，静止着。我能清晰感觉到脚趾紧紧弯曲抠住鞋底的力道，正在一点点加重，仿佛下一刻即可将鞋底捅开。我听见格妮声音毫无波澜地说："你是来我面前自杀道歉的吗？如果是这样，那你是一个真男人。"昂沁夫又笑了，说："格妮，你觉得至于吗？你又不是黄花大闺女，你睡过的男人，没有一百个也有五十个吧,你这样装嫩很好笑。"格妮说:"你他妈就是一个畜生,你连畜生都不是。"昂沁夫沉默了一阵子。好像他们——还有我——都在利用这沉默思考什么。这短暂而大有深意的寂静结束了,昂沁夫温软柔和地说:"格妮,你知道我的心对你是什么样子的,你该明白的。"格妮说:"我知道,你的心是恶毒的。"昂沁夫说:"不,我的心是爱你的。"这次轮到格妮笑了。她干笑了两声,接着大笑起来,止不住地笑。这笑到后面似乎有点变味,让昂沁夫误以为格妮的情绪对他有利了,他乘机扩大表白:"你知道我的,我爱你爱得控制不住自己,我快疯了,喜欢你喜欢疯了,我现在也记得很清楚,我们做爱到后面,你非常非常快活,搂住我,亲我的脸和耳朵,你还抓烂了我的后背。"

格妮止住了笑,而后尖叫起来,喊叫说:"你闭嘴,我没有,你这个恶毒的人。"昂沁夫说:"格妮,你不要欺骗自己,你知道我说的是真的,你也很喜欢我对不对?你喜欢和我做爱对不对?你的身体比你诚实多了。"格妮又短促地尖叫一声。昂沁夫接着说:"我累了想停下来的时候,你不让我停,你用双腿勾住我的腰,把我往你身体里挤。我射精的时候你像触电了一样。"

格妮变得很安静,好像在听别人的故事。昂沁夫说着说着,说不下去了。

我猜测不出格妮的安静是因为事情真实到她无法反驳还是气愤得无法言语?我左右摇摆,努力克制自己不做任何倾斜性的推断。在这样的安静中，我一动也不敢动。

这次安静了足足有几分钟时间，有突然冒出来的微风吹响了细雨，产生一点声音；有远处又在慢慢散开的牛群沉沉地发出一两声闷哼；还有体格庞重的公牛的蹄子压住石头，蹄子在坚硬和重量的挤压下发出的吱吱声。每当这些时候都是我可以混在其中长出一口气来缓解紧张的情绪的时候。

他们下一轮的谈话开始了。

昂沁夫唉地长叹一声，又哎哎地轻轻呼喊，好似在叫醒一个沉睡的人。他说："格妮，格妮呀，原谅我的无理，还有原谅我的邪恶，这些都不是我你知道吗？这些是我喜欢你之后发生的变化，就好像我自己也不认识自己一样的变化，这些天我一直想你，有几次，我想偷偷来看你但都没有勇气，今天是第一次鼓足了勇气来偷偷看你，但是我们碰上了。如果我们不是碰上了，你也不会知道我来过了，好像就是老天爷在帮助让我看见你，我都没有想到就猛地碰到你了，我差点就转身逃跑了。但是我现在在和你说话我很高兴，我应该早点来和你说话，你知道吗？我至少有十几次梦见你了，因为我白天想你想得太多了，晚上不得不做梦，梦里有几次我们做爱了，很好但是因为是梦就没有真实的那样的感觉……好了好了，我不说这话，我还有一些话要说，但现在一着急有点忘记了，你等一下……"

格妮说："我倒是有话要问你，我的枪呢？我的子弹呢？你这个小偷，小贼，你拿着我的枪和子弹去干坏事，你以为我不知道？警察一定会来找我的，到时候我就告你偷我的枪，我还要告你强奸我。"昂沁夫说："不对，不对，不是这样，我没有强奸你，我们好好想想，我就是没有强奸你，我发誓，我对着我的父亲、母亲发誓，我要是强奸了你，我就是吃了母亲的肉的人。"格妮说："呵，你别转移话题，我的枪呢，我的子弹呢？你用我的枪和子弹杀害了多少动物、赚了多少钱你自己心里清楚。"昂沁夫说："我承认，我偷走了你的枪，可能应该是夺走吧，对吗？可这不能怪我，当时我们刚做完爱，你就要杀了我。你用枪威胁我，我害怕了，我都不知道自己怎么做到的，反正夺走了你手里的枪，当时你颤颤巍巍得枪都拿不稳，我害怕你真的走火了。我拿到枪之后想赶紧逃开，因为你好像马上就要大喊大叫的样子，但是我又忘了手里的枪，我只顾着赶紧离开，让你看不见我，我走了很久才突然发现手里有东西，一看，是一把枪，枪托下面还连着一个布袋子，里面有几十颗子弹。我吓了一大跳，几乎差点把枪扔出去，但是手却握得紧紧的，原来是我因为紧张而伸展不开手指了。我就那样紧紧握着枪走了很久。"格妮说："厉害厉害，你现在把自己摘得干干净净，就好像你才是那个受害者。"昂沁夫说："我就是受害者，格妮，你别不信，以为我在狡辩。不，我就是受害者，你也是受害者，我们都是受害者。我们被接连不断的意外伤害了。"格妮说："我现在要你把话说清楚，你要还是一个人，就不要这样欺负我，老天爷看着你呢，是你来买羊羔价格没谈拢对不对？你挨打是因为你对那几个人说了难听的话，跟我没有关系，然后你半夜里又偷偷摸摸到我家里来了对不对？我发现了你，让你赶紧走，你又开始说起羊羔的价格对不对？你一会儿说这个价格你接受，你来跟我说一声，一会儿又说我心黑得很，是个毒妇，你还把挨打算到我头上了对不对？然后你看见我穿着很薄的衣服就起了色心对不对？我还在说话，你突然一下子抱住我拉进了帐房，我挣扎喊叫得很快没有了力气，我哭着求饶。我说羊羔很便宜卖给你，我这样说了对不对？但是你当时说什么，你说'羊羔不要，我要你，你才是我想要的'对不对？我哭着求你，如果我能跪下的话我一定会跪下来求你放过我，但是我跪不下来，你已经牢牢地把我控制在床上了，你扯住我的头发不让我动弹，你……"

说到这儿，格妮泣不成声。

在格妮大声地说这些时，我又往前走了十几步，每一步都很小心，轻轻地放下脚尖，试探地上有没有踩到了会发出声响的东西，每一个动作都放慢到了最稳当的程度，我身上穿着雨衣，一旦身体动作幅度大一点点，塑料材质的雨衣便会发出很清晰的声响。我一边听着格妮对昂沁夫的控诉，一边靠近他们。由于我已经听过一次——尽管没有这次详细——所以并没有多大的情绪波动，一刹那间我只能想到，格妮说到"你扯住我的头发"时有一点异样，这会是某种她真实的内心写照吗？更多的容不得我想，我全部注意力都放在不让他们发现上。

我距离他们应该只有三十步。但似乎再难近一步了。

白玛格妮的哭声渐渐不再掩饰，放声大哭。不过只是很短的时间便戛然而止，她呵斥道："你别过来，你不许靠近我。"昂沁夫说："格妮，格妮你听我说，我不知道自己当时是怎么做的，但我发誓我没有伤害你的意思。我，我是被你迷住了，迷得自己都傻了，什么都顾不上了，然后我们发生了事情，我尽管可能很粗暴很混蛋，可是我爱你啊格妮，我控制不了我自己，我看见你那么美，我的冲动就像疯子一样了，你说得对，我就像个畜生一样，但我爱你。"格妮的哭声已经停住了，她冷冷地说："好了，你别说了，这件事情到此为止，现在请你回答我的问题，你用我的枪杀害了多少动物？你做了多少坏事？"昂沁夫啊的一声，半响不说话。格妮说："你说话啊，就像刚才那样说啊，把事情从头到尾说清楚。"昂沁夫还是不说话。格妮说："你不是很能狡辩吗，你倒是说呀。"昂沁夫还是不说话。格妮说："你不说是吧？好，你不说，我来帮你说，你用我的枪猎杀了很多动物，你偷偷摸摸卖了这些动物，赚了很多钱，你本来可以一直这样昧着良心把黑心钱赚下去，但你没想到公安上的人已经发现了，他们知道有人在大量猎杀野生动物，你害怕，对不对？你今天来，是让我不要把你供出去对不对？"昂沁夫说："格妮，我不怕的，我做事当然不怕，我怕的话就不去做了。"格妮说："哦，是吗？那你真是好样的猎人，不，是好样的罪犯。"昂沁夫说："我觉得我不是罪犯，我要是罪犯的话，那么我们村就没有几个男人不是罪犯了，你说谁没有杀过几只野生动物？我想你也杀过吧？"格妮说："请别胡搅蛮缠，你杀的动物和其他人能一样吗？你杀的是熊，是雪豹，是马麝，是白唇鹿，都是国家一级保护动物。"昂沁夫说："你怎么知道我杀了这些动物，是谁告诉你的？不会是警察吧？到底是谁呢？"格妮说："不用谁告诉我，我不是笨蛋，该知道的事情我都知道。"昂沁夫说："不是，肯定是有人告诉你的，我知道了，是那仁对不对？肯定是他。你们是什么关系？"格妮说："有人也好，没人也好，这不关你的事，现在，你给我滚。"昂沁夫说："格妮，别这样，我是来给你道歉的。"格妮说："哈哈哈，我不需要，你滚。"昂沁夫说："格妮你听我说，我在干那些事情的时候，你知道我想什么吗？我会想到你，我想到你这些年这么辛苦，我就心痛。于是我那次做出决定，我要赚一笔钱给你，我想让你的日子过得轻松一点、好一点。我赚够了钱，给你送来了，你看，这里面是十万块钱，我想这笔钱可以让你的生活过得好一点。"格妮说："我不需要，我要是拿了这笔钱，我怕死了都不得安宁。"昂沁夫说："格妮，这钱你不要担心，不是你想的那样来的，这钱来得很正常，就是说很干净，是我辛辛苦苦放羊赚来的。"格妮说："我不管是怎么来，我凭什么收这钱，难道这是你赎罪的钱？"昂沁夫说："是的，这是我赎罪的钱。"格妮说："免了，我格妮都是半百的人了，不至于那么矫情，这事，我认了。"昂沁夫说："格妮，你能原谅我吗？"格妮说："原谅不了。这事我认了，但不可能原谅。"

这会儿我站不住，已经坐下来了。我盘腿坐着。昂沁夫拿来了十万块钱，以我对他的了解，是下了血本，但他赚得只会更多，由此可以想象他到底猎杀了多少动物。他真是胆大包天。

夜风微微揽起草地上的湿气，打着旋儿从腰身到了脚下，又回到头顶，一遍一遍地缠绕着。他们再次陷入死寂的沉默，我也大气不敢出。我怀疑他们已经拥抱在一起了，但不可能的。是我想多了，但我没办法不想多。格妮的声音变化让我吃惊，她的声音的变化让我只能理解为受到委屈，然后看见又爱又恨的男人，开始哭诉并真情流露地撒娇。我不愿意相信，但她真的知道自己在干什么吗？她是不是被折磨得不知道该怎么办了？不会，她没有那么脆弱，她太知道了，那她就是故意的，她的目的是什么呢？我知道我在咬牙切齿，如果不是要克制，我可能就让他们听见我咬牙磨牙的声音了。

感觉过了好几分钟，昂沁夫说："格妮。"

格妮微不可闻地说："嗯。"

我慢慢站起来。我不得不面对最不愿意面对的事情，可是，我倒是变得更冷静了。

他们已经抱在一起了。要不就是坐在一起。但以昂沁夫的性格，他会去抱格妮而不会傻傻地坐着。我等着他们说话，我再靠近一点，但是他们都不说，那边安静得有些诡异。诡异中有着更诡异的东西。

我迈出了一步。我能看见前面十来米的模糊样子，地上的样子，有什么样的石头，大一点的牛粪疙瘩，不平整的地形，这些大概都能模糊看得见。我警惕的是，一旦前面有竖着的黑影或者一团黑影出现，那便是他们了，我想看见他们在干什么，但又怕他们也看见我。所以我的第二步迈得更小心而迟疑，几乎就是小半步。第三次我只再进了一尺，第四次一样。之后，格妮更加变调的声音出现了，她似乎被捏住了脖子而无法呼吸，因为声音中带着猛烈的吸气和咳嗽。我惊疑地听，听见腿脚碰撞草地的沉闷声。到这会儿，我知道事情不对了，我的腿脚软了下来，但下意识的动作让我冲出去十几步，几乎已经到了他们跟前。一个很清晰的人的轮廓迅速转过身，没有一丝声音。我停下来，一瞬间的惊惧传导至全身，几乎不敢相信自己就这么莽撞地冲出来了，可除了这样冲出来，我还能做什么。

昂沁夫也被我吓坏了，他看不清我的脸，有一个人知道他在杀人，却大大咧咧地出现在他前面，他好一会儿不敢动。我努力瞪着眼睛，看他的手已经离开了格妮的脖子，但格妮却一动不动。昂沁夫忽地一下子站起来，说：

"你是谁？"

我再看看格妮,感到心口抽缩,嗓子干涩,只能干干地哼出来。昂沁夫没有听出来我的声音,说:

"你在这里干什么?你是谁?"

他好像已经有了决断,朝着我做出冲扑过来的架势。

我哑着声音说:

"昂沁夫,你把格妮怎么样了?你是疯了吗?"

昂沁夫说:

"那仁?是你来了,你一直在对不对?你都知道了?"

我眼噙泪水,靠近格妮。格妮直挺挺地躺着,我摸到她的手臂,柔软得好似没有骨头。我不敢去摸她的脸,我感觉她死了,但眼睛睁得大大地看我,我强忍着要逃走的冲动,我握着格妮的手臂,不敢放开,因为一放开,我就会冲进黑夜中迷失。我被昂沁夫拉扯起来,揪住头发,他一遍遍低吼:"你为什么在这里?你干吗来这里?我要弄死你。"

昂沁夫说:"你们是不是睡过了?你们是不是合起来笑话我?我要弄死你。"

昂沁夫说:"你说话,我让你说话,我弄死你……"

昂沁夫说:"这一切都是你策划的对不对?格妮不会那样对我,都是你,都是你,你是我兄弟,现在你却和她联合起来害我,我弄死你……"

昂沁夫说……

他已经卡住了我的脖子,闷憋的羞怒一股脑涌上脑,同时浮现了格妮的样子,格妮像一张纸糊似的飘向我,粘在我身上。我掰开昂沁夫的手指，用陡生的巨力一脚踢开他，他哼唧着摔倒，嘴里的胡言乱语戛然而止。

不等我再有所动作，昂沁夫跳起来，佝偻着在黑色中隐没。这时，我的声音也来了，我撕扯着喉咙，血腥腥地喊出一声"啊"。

我终于去触碰格妮的面容了。我摸到一片炽热，我感受到了生命的跳动。我的心脏好像要用狂跳的方式将共振传送给格妮，我能感受到我手掌心的跳动，我不知道是我的手掌心跳动得太厉害了，还是格妮真的在心跳。她的脖子上，手腕上好像都有脉搏。我嘴里的喊叫已经变了，变成了格妮。格妮，格妮，格妮，我一遍遍叫着她的名字。我不相信自己的手了，我的耳朵贴在她胸脯上，也听见她的心跳。没有错了，格妮还活着，我欣喜若狂。

我再次俯下身子，耳朵贴紧格妮的胸脯时，我听见了一阵阵的震动，起先我诧异，不敢相信格妮的心跳如此凶猛，但随即意识到这根本不是心跳，这是沉重的奔跑的脚步声。我回头看，昂沁夫出现了，手往前伸直，那把枪直直地在伸向我，他是要杀了我。我的头瞬间肿胀了无数倍，一波紧着一波的刺痛感麻木了头和眼睛，脚趾在缩动，开始抽筋，枪还没响，但我好像已经快死了。

枪声响了，格妮身上发出"噗"的一声，我应声扭头，什么也没看见。一股热热的血液渍到脸上了，血腥的味道立刻激醒了我，昂沁夫没有打中我，第二枪的动作他已经在操作着。我从格妮身边滚开，又跳又爬了几下，终于站起来，我跑起来，躲进黑夜里。第二枪响了。我身上没有感觉到有东西撞来，我知道我没有中枪。我继续跑，黑夜给了我黑色的保护，我能看清脚下的地形，到了这会儿我愈发惊醒，知道自己千万不能受伤，千万不能崴脚，我看得很清楚脚下的地形，因为有这种谨慎，我跑得不是很快。我跑得很轻。我也在倾听后面的声音，因为我开始跑的时候，昂沁夫在追我，我又变换了几次方向。我全部的精神力气都用在保护自己逃离上，我几次刹那间想起中枪的格妮，明白她再也活不了了，可我没有伤心起来，我的心好像变得冷冷硬硬的。

逃离昂沁夫的枪杀后，我镇定得很，但我在漫无目的地逃跑。我在爬山，身体里好像有用不完的力气，我知道这是恐惧的力量，是害怕的力量，但我无所谓。只要有力量让我继续走远，越走越远，什么力量我都接受，哪怕这力量是我出卖自己的所有得来的都无所谓，我接受，通通接受。我穿过一片植被林。在枝蔓纵横的高山柳林中穿行很费劲耗时，但是今夜我如同一只猞猁，轻飘飘地灵活，很快抵达山顶。这时候，我第一次停下脚步，回头望去，下面仿佛一团黑雾在笼罩着，风在吹着，而且很大，吹得我要用上一些姿势和力气才能不晃动，但是我的脸感觉不到风，耳朵里灌进来的好像是真空的东西而不是风。我感到一阵头晕目眩，透支身体的疲惫感袭来，我顺着这感觉躺在地上，仅仅抵抗了片刻，困倦便淹没了我。然后我看见了格妮。

我在等格妮，等了好久，她突然出现，背着我进了帐篷，让我躺在一条毛茸茸的毯子上。我清晰地看到她肚子圆圆地鼓起，平添了她的柔美与娇气。她怀孕了。我说我要走了，马鞍和嚼环就在觅马的地方，我备上鞍子，眺望她在远方赶着牛进入山沟，那好像是什么时候我们约会过的山沟。她匆匆忙忙的身影刺痛我，泪水汹涌而出。她仿佛感应到了，回过头来了。我一个劲打着马，我知道，一旦慢一些，我就会陷入她的柔情旋涡，再也走不了了。泪水模糊了双眼，前方路途我看不见，我也不愿意去管前面到底怎么样，我只想就这么跑，这么不停地跑，跑到地老天荒天涯海角，跑到一个荒无人烟的地方默默死去。但我又好像不能死，有一种力量阻挠着不让我去死。我看见这股力量中有那么多人，他们整齐齐注视着我，宝音也在注视我，宝音同样隆起的肚子在注视我……

我突然惊醒，浑身在发抖。一种比格妮的死更恐惧的事情攥住了我的心，越捏越紧，我张着嘴，可呼吸不到空气。在快要窒息时，我低低地嘶吼开嗓子，吞进一口气，一股血从鼻腔喷涌而出。我辨别方向，确定格妮所在的位置，我回想不起来刚才是朝哪个方向跑的，但只要重新穿过树林回到山脚，我就可以找到自己的位置。

我要去看格妮最后一眼。比格妮的死更恐惧的事情还是在攥着我的心。我的心在一刻不停地喊，"不会的，不会的，千万不要……"

我身体里好像又有了用不完的力气，我知道这是恐惧的力量，是害怕的力量，但我无所谓。只要这力量让我能跑起来，跑得越来越快，什么力量我都接受，哪怕这力量是我出卖自己的所有得来的都无所谓，我接受，通通接受。我回到山脚下，我不记得有没有涉水了，但眼前的小河让我知道我就在山谷里，我知道该怎么走了。有那么一会儿我忘记昂沁夫，这时候想起来，我也不在意他了。被发现，被杀死，都可以。只要让我回到格妮身边，让我好好看看她。这一个晚上，我没有认真看看她，我没有管她，自己逃命去了。是格妮，她托梦阻止我离开，她想让我回到她身边。我突然感知到自己脸上洋溢着笑容，回归她身边让我感到幸福。然后我意识到她出事后，我没哭，一滴眼泪都没流过。我只在刚才的梦里哭了，流泪了。

我的悲痛好像发生在很远的地方，要来到这里需要很长时间。

我看见格妮了，她就躺在地上，很随意。周围安安静静。我走过去，跪下来，将她的头抱在怀里，我的手摸到了她胸前的湿衣服，黏糊糊的。鲜血的味道甜丝丝的。我又摸了一会儿，找到了伤口的位置，很小的一个洞，在她的肚子和肋骨之间。我从她衣服领口伸进手去，完整地摸到伤口，伤口周围好像有点肿起来了。她的身体好冰凉，好冰凉。我的眼睛睁不开了，被泪水塞得满满的，一睁开，又酸又痛。我的手捂住格妮的伤口，那里已经不流血了，冰凉冰凉的。我们依偎在一起，格妮的脸挨着我的脸，我亲亲她。我对她说："格妮，我来了，来陪你了，你不要害怕。"格妮嗯地答应了。我听到了，一瞬间，幸福击中我，我哭泣起来。我没有想到格妮能回答我，这是她的灵魂吗？是格妮的灵魂来和我说话吗？我说："格妮，格妮我爱你，永远爱你。"格妮说："嗯。"

不，不对。这是格妮真实的声音，是从格妮的嘴里说出来的，不是来自灵魂里的。我使劲抹开眼泪，看她的脸。我看见她在看着我，在微微地动着嘴唇，她在努力说话。我的耳朵贴近她，我屏住呼吸，耳朵张得大大的，格妮的声音虚弱极了，她几乎就要失去意识，但我一个字都没有漏掉，格妮说："那仁，我们……孩子，我们的孩子……"

那种比格妮的死更恐惧的事情终于来了，那么猛烈地捏住我的心，我痛得睁不开眼睛，我说："不，不，不，不要！格妮，不要这样。"格妮说："对不起，我们的孩子。"我说："不，不，不，不要这样，不要，格妮，格妮。"

格妮不说话了，她靠着我，再也不说话。

（全书完）

2023.6.25～2024.1.18，重写《野色》一稿

2024.1.19～1.27，《野色》二稿

2024.2.1～2.3，《野色》三稿

# 后　记

《野色》这部小说原来的名字多两个字，叫《野色失痕》。之所以换名字是因为，《野色》已经是另外一部作品了。

去年的6月，我在西宁市下午的街道上行走，后来找到一个咖啡馆，和中信出版·大方的蔡欣女士通了电话，谈到《野色失痕》的修改。我跟她说，之前的计划有变动。本来，我没有想过要把《野色失痕》改成现在这个样子，我只是想再看一遍，进行细微的调整和修改。但是当我重读时，我的信心产生了动摇，促使我下了决心，放下正在写的另一部长篇小说，转而把精力投入到《野色失痕》上，把它重写一遍。于是我跟蔡欣女士说，从今天开始，我要对这部小说进行大刀阔斧的删改和加工了。我拿出8个月的时间，我要把20万字删到一半儿多，或者更多，然后再重写。

差不多9年前，我在写这部我人生中的第一部长篇小说的时候，驻扎在青海湖北岸的尕海湖岸边，我住在一个已经被晒成了青灰色的活动式帐篷里面，每天听着火车一辆辆地从后面掠过，永不停息。在这轰隆隆的滚动声和被风吹动的哗啦啦的浪花声中，我一边牧羊，一边写小说。写得很费劲，痛苦地掐断着时不时奔涌出来的各种灵机一动的奇思妙想，不如此，我怕这部小说永远也不会有写完的一天。在后来的一些文字记录中，我这样写道："这部小说有那么多区域缺陷，几乎不能示人，我震惊的是，我写作的过程中却毫无察觉，并且多次为某些段落而洋洋得意……"

那年，羊群数量骤然增多，我自己的牧场不够用，在外面租了好几个草场给羊群吃。这部小说的手稿也伴随着我，在各种大小不一、质量不一的草场之间来回转移，到10月底，天气寒冷无比，每天早晨我都要先生起火来，把冻得硬邦邦的靴子烤软和再穿上。尽管那只是短暂的半个月时间，但依然让我毫不费力地再次往回推，回想到更早以前，当我开始刚刚放牧时候忍冻挨饿的经历。时光真是一个好东西，它百依百顺地把我所有的事情都安排得原原本本，并且象征性地点拨几下，于是，这部作品走走停停，又回到了我手上，开始它第二次的突破变化和生命重塑，而这也是我需要，并迫切想要做到的。我想要看看，一部作品的两种面貌之间是如何密谋式地产生纠结、扭曲之后，再密切地成为互证的一个整体。

改名为《野色》的这部作品开始了重写，在一句一句地推进着。我能感受到我每推进一句，其后面还没有改动的那些部分，就会产生剧烈地震荡，如同在那个世界发生了一次地震。完整的故事开始出现一条条裂缝，这些裂缝吸进来更多的空气和其他东西，使这个故事的走向更加复杂而微妙。

《野色》修改到第十章的时候，夏季营地的放牧结束了，我回去，给弟弟帮忙，帮他们转场。借此再次让小说中的地方和现实中的地点进行一种融合，因为小说的发生地就是在高山里的夏季营地。在这之后，修改陷入了停顿，各种各样的事情让写作变得不那么顺利起来。尤其是我有了其他心思，我构思了新的短篇小说，迫不及待地想要把急于喷涌的状态写出来，我这样做了。而且，这种状态是接二连三的，在写这部小说的某一天晚上，我突然在毫无来由的触动下，就那么拉过一个笔记簿，开始写另一部短篇小说《北戴河鲸鱼》的开头部分。这两部小说的写作占据了我两个多月时间。再往后，我又开始写一部长篇小说《我的布拉格》的开头部分。我意识到这样下去，《野色》可能永远写不完，所以就给蔡欣女士打电话，让她给我找一个安静的，可以专心致志地写这部小说的地方。这其实也是给我自己定的规矩，我到了那个地方，要写的重点、全部的任务只能是这部作品。

蔡欣女士很快就给我找了一个好地方，是北京金山岭阿那亚。

我收拾行李，飞到北京，从北京坐车抵达了金山岭阿那亚。这已经是 2024 年 1 月的事情了。我在这个环境幽静，居住舒适而饮食又丰富的地方找到了状态，最重要的是，我对自己的警告起到了作用，几乎是从来到这的当天晚上开始，一直到我离开，将近一个月的时间，《野色》整日整夜占据着我的神思。我写得很顺利，每天完成额定工作后，我就去散步，在附近的山林中徒步，也去到野长城上参观，去咖啡馆看书，去酒吧喝一杯，让自己最大可能得到放松和休息，以便迎接第二天同样高强度的工作。在阿那亚的小别墅中，我和淄博作家魏思孝住在一起。他也是来闭关创作的。但我们的写作习惯很不一样，我属于清晨型，他属于夜晚型。每当我要睡觉的时候，他才刚刚要开始工作，工作到半夜两三点，而每当清晨七点，我要开始工作时，他却还在睡梦中。我们会在中午会合，交流写作的进度和困扰，然后一起去吃饭。

我写得越来越踏实了。我好像在很努力地把生活中的一些浮沉和喧杂都摈弃在外，短短个把月，我在无穷的时间里面做着同一件事情，希望一切的努力都不是白费，希望这本书的命运能够坚韧，展现出它的生命力，并且不受那么多不必要的干扰，走自己的路。

感谢大方。感谢给予这部小说的创作帮助的朋友们。

索南才让

2024 年 6 月 25 日